有美一朵，向晚生香

丁立梅 著

作家出版社

图书在版编目（CIP）数据

有美一朵，向晚生香：新版 / 丁立梅 著 . -- 北京 ： 作家出版社，2018. 11（2025.9重印）

ISBN 978-7-5063-9926-5

Ⅰ . ①有… Ⅱ . ①丁… Ⅲ . ①散文集- 中国 - 当代 Ⅳ . ①I267

中国版本图书馆CIP数据核字（2018）第030782号

有美一朵，向晚生香：新版

作　　者：丁立梅
责任编辑：省登宇
助理编辑：周李立
装帧设计：张亚群
出版发行：作家出版社有限公司
社　　址：北京农展馆南里10号　　邮　　编：100125
电话传真：86-10-65937186（发行中心及邮购部）
　　　　　 86-10-65004079（总编室）
E-mail:zuojia@zuojia.net.cn
http://www.zuojiachubanshe.com（作家在线）
印　　刷：北京中科印刷有限公司
成品尺寸：142×210
字　　数：180千
印　　张：10.5
版　　次：2018年11月第1版
印　　次：2025年9月第27次印刷
ISBN　978-7-5063-9926-5
定　　价：35.00元

目录

第二辑　有一种爱叫相依为命

这世上，有一种最为凝重、最为深厚、最为坚固的情感，叫相依
为命。它与幸福离得最近，且不会轻易破碎。

第三辑　一天就是一辈子

风吹着窗外的花树，云唱着蓝天的歌谣，怎么样，都是好了，我
可以把一天，过成我想要的一辈子。

第四辑　小扇轻摇的时光

恍惚间，月下有个小女孩，手执蒲扇，追着流萤。依稀的，都是
儿时的光景。

第五辑　有美一朵，向晚生香

感谢生命中那些相遇，在我人生的底色上，抹上一朵粉红，于向
晚的风里，微微生香。

第六辑　风过林梢

露天舞台，一盏汽油灯悬着，照着她唇红齿白一张粉嫩的脸，她像开得满满的一枝芍药花。

第七辑　当华美的叶片落尽

当华美的叶片落尽，生命的脉络才历历可见。

第八辑　花都开好了

你看，花都开好了。冰天雪地里，红艳艳的一大簇，直艳到人的心里面。

序

每一颗种子，都有它自己的奇迹。

——这是植物们告诉我的。

我手上如果有一颗种子，我绝不会随手扔了它，而是会把它种在一盆土里。

我种过苹果、西瓜、柚子、桂圆、火龙果、荔枝、桔，都是吃完的水果种子。它们有的会发芽、成长，像柚子和火龙果，很快蓬勃出一盆新绿来。大半年的时间里，它们都是我书桌上最美的景致。

有的，暂不会发芽。我也不难过。得之，是意外。不得，也在情理之中。我很享受的是这种可遇不可求的缘分。

我买洋葱，吃剩下的，放冰箱里。日子久了，半颗洋葱头竟在冰箱里发了芽。我找只花瓶，把它装进去，它就不停地长啊长，长出肥绿的一串儿。有人说它是风信子。有人说它是水仙花。

——我得意，告诉他们，不是，是洋葱头啊。

洋葱头也有梦想的。

我还在泥盆里栽过生姜。生姜拱出的新绿，像竹，摇曳生姿，极有看头。我看书或写字累了，就踱到它身边去，一盆的新绿，染绿我的眼、我的心。这意外所得，如同赐予。

我还在碗里长过菜花和小野菊。它们一律的，都端给我一盆的好颜色，让我的日子，充满欢喜和甜蜜。

不要埋怨生活不优待你。你要扪心自问的是，你优待过它吗？

还是请从一颗种子入手吧，爱它，珍惜它，你将收获到许多意想不到的快乐。那里面，期待有，惊喜有，美好有。更重要的是，它让你学会执着、柔软和善待。

第一辑
黄裙子，绿帕子

她多像一个春天啊，在我
们年少的心里，茸茸地种
出一片绿来。

黄裙子，绿帕子

　　她多像一个春天啊，在我们年少的心里，茸茸地种出一片绿来。

　　十五年前的学生搞同学聚会，邀请了当年的老师去，我也是被邀请的老师之一。

　　十五年，花开过十五季，又落过十五季。迎来送往的，我几乎忘掉了他们所有人，然在他们的记忆里，却有着我鲜活的一页。

　　他们说，老师，你那时好年轻呀，顶喜欢穿长裙。我们记得你有一条鹅黄的裙子，真正是靓极了。

　　他们说，老师，我们那时最盼上你的课，最喜欢看到你。你不像别的老师那么正统威严，你的黄裙子特别，你走路特别，你讲课特别，你爱笑，又可爱又漂亮。

　　他们说，老师，当年，你还教过我们唱歌呢，满眼的灰色之中，你是唯一的亮色，简直是光芒四射啊。

他们后来再形容我，用得最多的词居然都是：光芒四射。

我听得汗流浃背，是绝对意外的那种吃惊和惶恐。可他们一脸真诚，一个个拥到我身边，争相跟我说着当年事，完全不像开玩笑的。

回家，我迫不及待翻找出十五年前的照片。照片上，就一普通的女孩子，圆脸，短发，还稍稍有点胖。可是，她脸上的笑容，却似青荷上的露珠，又似星月朗照，那么的透明和纯净。

一个人有没有魅力，原不在于容貌，更多的，是缘于她内心所散发出的好意。倘若她内心装着善与真，那么，呈现在她脸上的色彩，必然叫人如沐暖阳如吹煦风，真实、亲切，活力迸发。这样的她，是迷人的。

我记忆里也有这样的一个人。小学六年级。学期中途，她突然来代我们的课，教数学。我们那时是顶头疼数学的。原先教我们数学的老师是个中年男人，面上整天不见一丝笑容。即便外边刮再大的风，他也是水波不现，严谨得像件老古董。

她来，却让我们都爱上了上数学课。她十八九岁，个子中等，皮肤黑里透红，长发在脑后用一条绿色的帕子，松松地挽了。像极田埂边的一朵小野花，天地阔大，她就那么很随意地开着。她走路是连蹦带跳着的，跟只欢快的鸟儿似的。第一次登上讲台，她脸红，半天说不出话来，只轻咬住嘴唇，望着我们笑。那样子，活脱脱像个邻家大姐姐，全无半点老师的威严感。我们一下子喜欢上她，新奇有，更多的，却是觉得亲近和亲切。

记不得她的课上得怎样了，只记得，每到要上数学课，我们早早就在桌上摆好数学书，脖子伸得老长，朝着窗外看，盼着她早点来。我们爱上她脸上的笑容，爱上她的一蹦一跳，爱上她脑后的绿帕子。她多像一个春天啊，在我们年少的心里，茸茸地种出一片绿来。

她偶尔也惩罚不听话的孩子，却从不喝骂，只伸出食指和中指，在那孩子头上轻轻一弹，轻咬住嘴唇，看着那孩子笑道，你好调皮呀。那被她手指弹中的孩子，脸上就红上一红，也跟着不好意思地笑。于是，我们便都笑起来。我们作业若完成得好，她会奖励我们，做游戏，或是唱歌。——这些，又都是我们顶喜欢的。在她的课堂上，便常常掌声不断，欢笑声四起，真是好快乐的。

然学期未曾结束，却又换回原来严谨的男老师，她得走了。她走时，我们中好多孩子都哭了。她也伏在课桌上哭，哭得双眼通红。但到底，还是走了。我们都跟去大门口相送，恋恋不舍。我们看着她和她脑后的绿帕子，一点一点走远，直至完全消失不见。天地真静哪，我们感到了悲伤。那悲伤，好些天，都不曾散去。

打碗花的微笑

　　天空下，她微笑的样子，像一朵浅紫的打碗花。

　　那年，我念初中一年级。学期中途，班上突然转来一个女生。女生梳两根长长的黑辫子，有张白果似的小脸蛋，精巧的眼睛、鼻子和嘴唇，镶嵌其上。老师安排她靠窗坐。她安静地翻书，看黑板，姿势美好。窗外有桐树几棵，树影倾泻在她身上，波光潋滟。像一幅水粉画。

　　我们的眼光，总不由自主转向她，偷偷打量，在心里面赞叹。寡淡如水的乡村学校生活，因她的突然撞入，有了种种雀跃。说不清那到底是什么，我们就是那么高兴。

　　她总是显得很困。常常的，课上着上着，她就伏在桌上睡着了。两臂交叉，头斜枕在上面，侧着脸，闭着眼，长长的睫毛，像蝶翅样的，覆盖在眼睑上。外面一个世界鸟雀鸣叫，她那里，只有轻梦若纱。

这睡相，如同婴儿一般甜美，害得我们看呆过去。老师亦看见了，在讲台前怔一怔。我们都替她紧张着，以为老师要喝骂她。平时我们中谁偶尔课上睡着了，老师都要喝骂来着。谁知那么严厉的老师，看见她的睡相，居然在嘴边荡起一抹笑。老师放轻脚步，走到她跟前，轻轻推一推她，说，醒醒啦。她一惊，睁开小绵羊般的眼睛，用手揉着，冲老师抱歉地笑，啊，对不起老师，我又睡着了。

我们都笑了。没觉得老师的做法，对我们有什么不公。在她面前，老师就该那么温柔。我们喜欢着她，单纯地，暗暗地。就像喜欢窗外的桐树，喜欢树上鸣唱的鸟儿。

有关她的身世，却悄悄在班上传开。说她爸爸是个当大老板的，发达了之后，遗弃了她妈妈。她妈妈一气之下，寻了死。她爸爸很快娶了个年轻女人，做她后妈。后妈容不下她，把她打发回老家来念书。

这到底是真是假，没有人向她证实过。我们再看她时，就有了好奇与怜悯。她却没有表现出多少的不愉快来，依旧安静地美好着。跟班上同学少有交集，下了课就走，独来独往。我们的目光，在她身后追随着。她或许知道，并不回头。

偶尔一次，我与她路遇。那会儿，她正蹲在一堵墙的墙角边，逗着一只小花猫玩。黄的白的小野花，无拘无束的，开在她的脚边。看见我，她直起身来，冲我点点头，笑，眼睛笑得弯弯的。我们同行了一段路，路上说了一些话。记不得说的什么了，只记得，她讲一口流利的普通话，声音甜脆。田野里有风吹过来，色彩是金黄的，很和煦。是春天，或是秋天。天空下，她微笑的样子，像一朵浅紫的打碗花。

后来的一天，她却突然死了。说是病死，急病。一说是脑膜炎，一说是急性肺炎。她就那么消失了，像一颗流星划过夜空。靠窗边她的课桌，很快撤了。我们一如既往地上着课，像之前她没到来时一样。

好多年了，我不曾想过她。傍晚时，我路过一岔路口，迎面走来一个女孩，十二三岁的模样。女孩梳着现时不多见的两根长辫子，乌黑的。女孩很安静地走着，我一下子想起她，眼睛渐渐蒙上一层薄雾。那打碗花一样的微笑，是我最初相遇到的美好。

陌上花开蝴蝶飞

> 岁月的波光涛影啊，它们在我的心头流啊流。

这世上，最让人惆怅的事莫过于，你曾经经历的葱郁葱茏，都被时光的那只小手，拂得干干净净，烟尘也没留下一粒。某一天，你试图循着从前的路，想走回去，却早已物非人也非。风还在吹，水还在流，你却找不到你的过往了，仿佛你从未曾出现过。天地迢遥，山长水渺，你想凭吊，也无所附丽了。那种失落，才真正是疼，疼得慌。

有时半夜睡醒，我会突然想起从前的一些小光阴。弯弯的田埂。冒着炊烟的茅舍。蜷在土墙上打盹的黑猫。木槿花围成的篱笆院落，花红一朵紫一朵地开着。岁月的波光涛影啊，它们在我的心头流啊流。

我睁眼痴痴地想上一想，四周漆黑，万籁俱静，我犹如孤岛。我知道，回不去了。我的村庄之于我，是陌生的了。我之于它，亦像是天外来客。故乡偶尔还是回的，却每每靠近，都有点像踩着唐时贺知章的脚印，怯了又怯。——"儿童相见不相识，笑问客从何处来"，真的就是那样的。

"陌上花开蝴蝶飞，江山犹似昔人非"。还是趁我尚有记忆的时候，让我在记忆里打捞一把吧，以慰相思。

我穿鞋，总是鞋头先破。

新鞋穿上没两天，脚趾已露了出来。

不单单是我，那时的小孩，都是这样的。我们走路从来没有正儿八经过，好好的路放着不走，却专门爱挑那些坑坑洼洼高低不平的地方走，也爱翻沟爬渠。总之，是要带点挑战性的。

路上遇到水洼子，我们踩水洼子。遇到泥块，我们踢泥块。遇到碎砖，我们踢碎砖。遇到小石子，我们踢小石子。实在没什么可踢的了，我们就踢路边长着的小花小草。可怜了那些小花小草，就那么好脾气地任由我们踢着，早也踢，晚也踢。反正，我们的脚是不能闲着的。

布鞋经得起我们几回踢？我妈的一针一线，很轻易地就被我踢破了。回家挨打是免不了的，可就是不长记性，再走路，依然不会好好去走，把路上能踢的东西都踢个遍，沉醉其中，满心欢喜。

想来，四平八稳的生活，连小孩也不喜的，日子里总要擦出点小火花，那才叫有意思吧。

我穿裤子，也总是裤兜先破。

我妈晚上帮我脱裤子，准会在裤兜里倒出一堆的"宝贝"来：小石子，玻璃瓶底，小瓦片，树叶，泥块，芦苇枝，蜗螺壳……有时，还会有小虫子，像蚂蚱之类的。

我妈边倒边骂，讨债鬼，你装这些垃圾做什么啊！

我吓得不敢吱声，怕一吱声，我妈的巴掌就拍过来了。

也还是不长记性，到第二天，裤兜里准又装上这些玩意儿了，乐此不疲。我姐也是。我弟弟也是。害得我妈替我们补着补不完的衣裳。

在一个孩子的眼里，所有的物，都值得亲近，且是万金不换的宝贝。

有一段日子，我特痴迷于挖灶台和造小房子。

提了猪草篮子，说是去割猪草，其实哪里是。到得地里，猪草篮子被扔到一边去，我开始挖灶台。泥堆出台子。泥做出锅碗瓢盆。我在灶台上做"饭"做"菜"，好一个热气腾腾。玩到日落，还不想回家。

也用芦苇茅草搭建小房子。有一次，我在桑树地里，整出一小块空地，用树枝软草，盖了一幢小房，我捉一只虫子进去，代替我住着。用桑树叶代替鸡几只、鸭几只，放在房前，想象着它们正在自在地觅食。我还在房顶上插满小野花，自认为把它打扮得很美，一日三回跑去看，真真是欢喜得不得了。夜里兴奋得睡不着，睁着眼还瞎高兴半天，也不知道高兴个啥，仿佛藏着一个天大的秘密。

我奶奶追着鸡跑，终发现了我的小秘密。她嘟哝着骂着什么，很生气地捣毁了我的小窝。树枝和软草，被她拾回家，做了引火草。

我独自难过了很久。

现在想来，我从小就表现出大众化的庸常来，亲近凡俗，热衷于一灶一锅、一瓢一勺、一庭一院。我注定了一辈子只有在烟火里才得心安。

远房亲戚家，新过门的媳妇生了小孩，家里大人商量着，要去送月子礼。

十月里，正是收获季节，地里的活儿一桩接一桩，谁有那闲空走亲戚？大人们称回几斤馓子和红糖，为谁去送这个礼作了难。我人小，在一边却听得兴奋，仰了头说："我去。"这等走亲戚，总是好处多多的，在亲戚家，我肯定能吃上糖水泡馓子。这小算盘，我可拨得噼啦响。

我妈果真让我去了。她就那么放心的，让一个才五六岁的孩子，去往陌生地。多年后，我妈叹息着说："有什么办法呢？那时穷啊，大人要挣工分啊。"

那个远房亲戚家，我从未到过，亲戚也是我未曾谋过面的。

但无知者无畏，我雄赳赳气昂昂地挎着小竹篮，就上路了。一路走，一路记着我奶奶交代过的，要过四座桥，要转五个弯。

好吧，我爬过四座桥去（那时桥都是木桥，留很大缝隙，我是不敢走着的，只能爬）。我转了五个弯，一个村庄呈现在我跟前。棉花地连着棉花地，茅草房连着茅草房。我穿过一块棉花地，再一块棉花地，在一排茅草房前徘徊，并不担心找不着亲戚家。小脑袋里转着那样的念头，新生了小孩的人家，门前肯定晾着尿布的，亦肯定晾着婴孩的小红衫。刚出生的孩子，都穿这个，这我知道。我有限的人生经验里，竟无意中装进了家乡的很多老风俗。

循着晾衣绳上的尿布，和院门前桃树上晒着的婴孩的小红衫，我没怎么费劲，就找到了亲戚家。亲戚全家惊奇得不得了，那个我叫大妈的妇人，弯腰抱起我，使劲亲，她不相信地一声声问："小乖乖，你怎么就摸到的，你怎么就摸到了？"

我如愿吃到了糖水泡馓子。还收获到回礼一份——两只大饼，纯白面粉做的。

当天，我凯旋而归。晚上，一家人围在灯下，翻看着我带回的两只大饼，热切地问了我很多很多，路上怎么走的，又怎么摸到那个大妈家的，大妈说了些什么，我又说了些什么，吃了些什么。问了一遍又一遍，我答了一遍又一遍。

我妈跟我聊天，提及我小时候的这件事。我妈说："你从小就聪明，那么小的人，能摸那么远的路，还知道新生了小儿的人家，门口要晒小红衫。你命大福大，以后会有享不完的福的。"

我很含蓄地笑了。我没告诉我妈的是，我只是被那碗糖水泡徽子牵着去的。

想望一场雪。

雪也总不来。好些个冬天，风也是冷的，水也是寒的，天却冷得拖泥带水的。

从前的冬天，却不是这样的。天说冷就冷，干脆，果断，彻底。雪一下就是几昼夜。冰凌在屋檐下挂着，一根根，晶莹闪亮，远观去，一排，像水晶帘子。

我们拿它当冰棍吃。手冻得通红，像红萝卜。脸也冻得通红，像红苹果。却不觉得冷，还是要往外跑，小狗样的，在冰天雪地里，撒着欢。

大人也没时间管我们，随我们到处野去，穿得不多也是不要紧的。小孩屁股后面有三把火，我奶奶说。天尽管冷得嘎嘣嘎嘣的，我们却很少被冻坏了，连感冒头疼也少有。

最喜欢的是玩冰。在冰上打冰漂，比赛谁漂得远。小河里的冰，结有几寸厚吧，打冰漂不过瘾的，我们都跑去冰上溜着。便常有意外发生，玩着玩着，脚下的冰突然裂了缝，抽身不及，"扑通"掉下去。幸好是大冬天，都穿着棉衣棉裤，一时半会儿沉不下去，也都能被及时救上来。

我姐经常翻老皇历，对着我小弟。说某年的冬天，她走在去上学的路上，见到我小弟的花棉袄浮在水面上。当时，周围一个人也没有。她伏到冰块上，硬是用牙齿咬着我小弟的棉衣，把他给拽了上来。我姐说，那时，她也只是个孩子，不过十一二岁。

这惊险的一幕，我小弟毫无印象。我姐对此很不满。我救了你的命哪，不是我，哪有今天的你，我姐说。

我小弟心里早就认了，嘴却硬，说她是讲故事。

每年，我奶奶会挑一只母鸡，让它抱窝儿。

抱窝儿的母鸡很敬业，一动不动伏在窝里，伏在一堆鸡蛋上。然后某天，我尚在午睡，耳边就听见了雏鸡的叫，唧唧，唧唧，外面的天光都被这稚嫩的声音，唤得青翠流转起来。

一群小鸡，毛茸茸，粉嘟嘟的，试探着在地上走，走得跌跌撞撞。母鸡领着这样一群鸡崽，出门去，风光无限。

我对母鸡实在好奇，以为我们人，也像母鸡孵蛋一样，这么给孵出来的。我偷拿了鸡蛋，学母鸡的样，孵。结果，鸡蛋在我身下碎了，蛋黄蛋清糊了一身，被我奶奶捉住，狠揍了一顿。我奶奶一连唠叨了数日，说我是败家子。她痛惜着那几只鸡蛋，可以换到几斤盐的。

我后来还偷试过两回，不成功，终死了心。

糊里糊涂参加过一次追悼会，一个大人物的。

是春末夏初的天，村人们神情庄严，悄悄传说，谁谁谁死了。

谁死了？小孩多嘴问。立即被大人警告，不许瞎问。村部设了灵堂，白色的幔子拉起来，中间一个大大的黑色"奠"字。一二年级的小朋友也被告之，要参加追悼会，叫我们回家准备白衬衫。我们小孩只管在心里高兴，觉得自己被当作大人看待，这是其一。更重要的是，可以不用坐在教室里，可以看见一群又一群人聚在一起，多热闹啊。

一堆儿的姑娘婶娘在叠白花，手底下开满了小白花，雪一样白，那么多，都快成河流荡起来了。我真愿意她们就那么叠下去。

白衬衫哪里有呢？我妈没法，弄了件她洗得泛白的衫子，给我套上。我一直拖到脚面上，像穿了件长裙子。别一朵小白花在胸前。——这都是好玩的事。高兴啊，真恨不得天天开追悼会。却不敢在脸上显露出高兴来，学大人们的样，让表情沉重着。

一队一队的人，走进灵堂去。有人在前面喊，一鞠躬。二鞠躬。再鞠躬。哀乐声循环播放。

出门，外面的阳光晃花了眼。人们都扯下胸前的小白花，扔到地上，脸上的庄严肃穆倏忽不见。我站在阳光下发愣，这就算完了？我略略有些惆怅。地上"开满"了小白花，真漂亮啊，我真想捡了它们回家。

遇见你的纯真岁月

那是他和我们的纯真岁月，彼此用心相爱，所以，刻骨铭心。

他是第一个分配到我们乡下学校来的大学生。

他着格子衬衫，穿尖头皮鞋，操一口流利的普通话，这令我们着迷。更让我们着迷的是，他有一双小鹿似的眼睛，清澈、温暖。

两排平房，青砖红瓦，那是我们的教室。他跟着校长，绕着两排平房走，边走边跳着去够路旁柳树上的树枝。附近人家养的鸡，跑到校园来觅食了，他看到鸡，竟兴奋得张开双臂，扑过去，边扑嘴里边惊喜地叫："啊啊，大花鸡！"惹得我们笑弯了腰，有同学老气横秋地点头说："我们的老师，像个孩子。"

他真的做了我们的老师，教我们语文。第一天上课，他站讲台上半天没说话，拿他小鹿似的眼睛，看我们。我们也仰了头对着他看，彼此笑眯眯的。后来，他一脸深情地说："你们长得真可爱，真的。我愿意做你们的朋友，共同来把语文学好，你们一定要当我是朋友哦。"他的这个开场白，一下子拉近了他与我们的距离，全班学生的热血，在那一刻沸腾起来。

他的课，上得丰富多彩。一个个汉字，在他嘴里，都成了妙不可言的音符。我们入迷地听他解读课文，争相回答他提的问题。不管我们如何作答，他一律微笑着说："真聪明，老师咋没想到这么答呢？"有时我们回答得太离谱了，他也佯装要惩罚我们，结果是，罚我们唱歌给他听。于是教室里的欢笑声，一浪高过一浪。那时上语文课，在我们，是期盼，是幸福，是享受。

他还引导我们阅读。当时乡下学校，课外书极其匮乏，他就用自己的工资，给我们买回很多的书，诸如《红楼梦》《钢铁是怎样炼成的》《红与黑》之类的。他说："只有不停地阅读，人才能走到更广阔的天地去。"我至今还保留着良好的阅读习惯，应该是那个时候养成的。

春天的时候，他领我们去看桃花。他说："大自然是用来欣赏的，不欣赏，是一种极大的浪费，而浪费是可耻的。"我们"哄"一声笑开了，跟着他蹦蹦跳跳走进大自然。花树下，他和我们站在一起，笑得面若桃花。他说："永远这样，多好啊。"周围的农人，都看稀奇似的，停下来看我们。我们成了风景，这让我们备感骄傲。

我们爱他的方式，很简单，却倾尽我们所能：掐一把野地里的花儿，插进他办公桌的玻璃瓶里；送上自家烙的饼，自家包的粽子，悄悄放在他的宿舍门口。他总是笑问："谁又做好事了？谁？"我们摇头，佯装不知，昂向他的，是一张张葵花般的笑脸。

我们念初二的时候，他生了一场病，回城养病，一走两个星期。真想他啊，班上的女生，守在校门口，频频西望。——那是他回家的方向。被人发现了，却假装说："啊，我们在看太阳落山呢。"

是啊，太阳又落山了，他还没有回来。心里的失望，一波又一波的。那些日子，我们的课，上得无精打采。

他病好后回来，讲台上堆满了送他的礼物，野花自不必说，一束又一束的。还有我们舍不得吃的糖果，自制的贺卡。他也给我们带了礼物，一人一块巧克力。他说："城里的孩子，都兴吃这个。"说这话时，他的眼睛湿湿的。我们的眼睛，也跟着湿了。

他的母亲，却千方百计把他往城里调。他是家里独子，拗不过母亲。他说："你们要好好学习，将来，我们会有重逢的那一天的。"他走的时候，全班同学哭得很伤心。他也哭了。

多年后，遇见他，他早已不做老师了，眼神已不复清澈。提起当年的学生，却如数家珍般的，一个一个，都记得。清清楚楚着，一如我们清楚地记得他当年的模样。那是他和我们的纯真岁月，彼此用心相待，所以，刻骨铭心。

青春不留白

原来，所有的青春，都不会是一场留白。

上高中的时候，我在离家很远的镇上读书，借宿在镇上的远房亲戚家里。虽说是亲戚，但隔了枝隔了叶的，平时又不大走动，关系其实很疏远。是父亲送我去的，父亲背着玉米面、蚕豆等土产品，还带了两只下蛋的老母鸡。父亲脸上挂着谦卑的笑容，让我叫一对中年夫妇"伯伯"与"伯母"。伯伯倒是挺和气的，说自家孩子就应该住家里，让父亲只管放心回去。只是伯母，仿佛有些不高兴，一直闷在房里，不知在忙什么。我父亲回去，她也仅仅隔着门，送出一句话来："走啦？"再没其他表示。

我就这样在亲戚家住下来。中午饭在学校吃，早晚饭搭在亲戚家。父亲每个月都会背着沉沉的米袋子，给亲戚家送米来。走时总要关照我，在人家家里住着，要眼勤手快。我记着父亲的话，努力做一个眼勤手快的孩子，抢着帮他们扫地洗菜，甚至洗衣。但伯母，总是用防范的眼神瞅着我，不时地说几句，菜要多洗几遍知道吗？碗要小心放。别碰坏洗衣机，贵着呢。农村孩子，本来就自卑，她这样一来，我更加自卑，于是平常在他们家，我都敛声静气着。

亲戚家的屋旁，有条小河，河边很亲切地长着一些洋槐树。这是我们乡下最常见的树，看到它们，我会闻到家的味道。我喜欢去那里，倚着树看书，感觉自己是只快活的小鸟。洋槐树在五月里开花，花白，蕊黄，散发出甜蜜的气息。每个清晨和傍晚，我几乎都待在那里。

不记得是哪一天看到那个少年的了。五月的洋槐花开得正密，他穿一件红色毛线外套，推开一扇小木门，走了出来。他的手里端着药罐，土黄色，很沉的样子。他把药渣倒到小河边，空气中立即弥漫着浓浓的中草药味。少年有双细长的眼，眉宇间，含着淡的忧伤。他的肤色极白，像头顶上开着的槐树花。我抬眼看他时，他也正看着我，隔着十来米远的距离。天空安静。

这以后，便常常见面。小木门"吱呀"一声，他端着沉的药罐出来，红色毛衣，跳动在微凉的晨曦里。我知道，挨河边住着的，就是他家。白墙黛瓦，小门小院。亦知道，他家小院里，长着茂密的一丛蔷薇，我看到一朵一朵细嫩粉红的花，藏不住快乐似的，从院内探出头来，趴在院墙的墙头上笑。

一天，极意外地，他突然对着我，笑着"嗨"了声。我亦回他一个"嗨"。我们隔着不远的距离，相互看着笑，并没有聊什么，但我心里，却很高兴很明媚。

蔷薇花开得最好的时候，少年送我一枝蔷薇，上面缀满细密的花朵，粉红柔嫩，像年少的心。我找了一个玻璃瓶，把它插进水里面养，一屋子，都缠着香。伯母看看我，看看花，眼神怪怪的。到晚上，她终于旁敲侧击说："现在水费也涨了。"又接着来一句："女孩子，心不要太野了。"像心上突然被人生生剜了一刀似的，那个夜里，我失眠了。

第二天，我苦求一个住宿舍的同学，情愿跟她挤一块睡，也不愿再寄居在亲戚家里。我几乎是以逃离的姿势离开亲戚家的，甚至没来得及与那条小河作别。那一树一树的洋槐花，在我不知晓的时节，落了。青春年少的记忆，成了苦涩。

转眼十来年过去了，我也早已大学毕业，在城里安了家。一日，我在商场购物，发觉总有目光在追着我，等我去找，又没有了。我疑惑不已，正准备走开，一个男人，突然微微笑着站到我跟前，问我："你是小艾吗？"

他跟我说起那条小河，那些洋槐树。隔着十来年的光阴，我认出了他，他的皮肤不再白皙，但那双细长的眼睛依旧细长。

——我母亲那时病着，天天吃药，不久就走了。

——我去找过你，没找到。

——蔷薇花开的时候，我会给你留一枝最好的，以为哪一天，你会突然回来。

——后来那个地方，拆迁了。那条小河，也被填掉了。

他的话说到这里，止住。一时间，我们都没有了话，只是相互看着笑，像多年前那些微凉的清晨。

原来，所有的青春，都不会是一场留白，不管如何自卑，它也会如五月的槐花，开满枝头，在不知不觉中，绽出清新甜蜜的气息来。

我们没有问彼此现在的生活，那无关紧要。岁月原是一场一场的感恩，感谢生命里的相遇。我们分别时，亦没有给对方留地址，甚至连电话也不留。我想，有缘的，总会再相见。无缘的，纵使相逢也不识。

我的中学时代

年少的心里，觉得世上最幸福的事，莫过于那样的时刻。

人都爱用"青衫年少，白衣飘飘"之类的句子，来描写中学时代，很纯美，远离世间烟火的样子。真实的情形，其实不是这样的。至少我的，不是这样的。

我的整个中学时代，都穿着土布的衣，脚着一双母亲纳的布鞋，肩背母亲用格子头巾缝制的书包，在离家三十多里的老街上念书。

那时，乡下孩子，极少有家庭富裕的。每个孩子，看上去都差不多，都是一枚不起眼的小土豆。我们这许多的小土豆扎堆在一起，相互取暖，一起成长。

书自然是整天读着的，整天挖空心思去念着想着的，还有吃。

是的，吃。

不知是不是因为正处在长身体的年纪，我们每天总处于半饥饿状态。每个月，家里会担了粮米送来，给学校食堂。早上是稀饭就咸菜。中午是白饭就咸菜。晚上还是稀饭就咸菜。这样清汤寡水地吃着，肚子里很欠油水。

那时的伙食费，委实不多，一个月八块钱。交全了的话，中午可以加一个小菜，和一碗冬瓜汤。但很多孩子交不起，比如我。我们就自创一种汤，叫酱油汤。做法极简单，倒出一勺酱油，拿滚开水冲泡了。奢侈一点的，里面再滴两滴麻油，汤就成了。我读了几年中学，就喝了几年这样的汤。

下午的时光，总是漫长得厉害。两节课后，是做课间操时间，肚子饿得折磨人，操做得有气无力。偏偏食堂的师傅又来招惹，煎出香喷喷的葱油饼来，一张张，黄灿灿的，摊放在食堂窗口卖，上面撒满碧绿的葱花，整个校园都弥漫着那香。我们假装闻不到，把头埋到书堆里。可是，那香，从书上的每个字里跳出来。我们假装玩耍，大声说笑，可笑着笑着，鼻子不做主了，总要深吸一口，再深吸一口。周遭的每一寸空气，都是香的呀。有时，我们实在敌不过那馋，几个要好的女生去合买一张，分着吃。

盼着周六学校放假，真是归心似箭。一路马不停蹄奔回去，疼我的祖母，总会想办法给我弄点好吃的，煎两只鸡蛋，煮一碗小鱼。年少的心里，觉得世上最幸福的事，莫过于那样的时刻，可以有煎鸡蛋吃。可以吃煮小鱼。

周日返校时，每个孩子或多或少，都会自带些干粮。我的祖母会给我炒上几斤蚕豆，塞上两罐咸菜。还有一种吃食，是把面粉炒熟了，用沸水泡着吃。现在的孩子恐怕见都没见过，我们苏北人家，叫它焦雪。关于它，还有一段传说。相传久远的从前，六月天里，苏北地区闹饥荒，饿殍遍地。天上的雪神看不下去了，想拯救人间，遂降下雪面粉。但又怕上帝看见六月降雪，会治她的罪，遂把面粉的色泽，染得跟黄土地的颜色差不多。老百姓见天上飘下"泥土"来，人人惊奇。反正观音土都有人吃，这天上的"土"，更不可错过。于是家家争接这天上之"土"，拿开水泡了，吃在嘴里，竟奇香无比。饥荒过后，为纪念雪神，苏北人家就有了每年六月六，必吃炒焦雪的习俗。

学校宿舍老鼠多，一个个都能飞檐走壁，武艺高强。无论我们怎么藏着那些可怜的有限的干粮，它们都能轻易找到。即便我们把装了焦雪的布袋子挂到屋顶上，它们也有本事把布袋子咬出洞来，在里面大快朵颐。与它们几番较量后，我们甘拜下风，把吃食全转移到教室里去了。晚自修上到一半，就有孩子在位子上坐不住了，闻到桌肚子里的香呀。一俟下课铃声响，教室里立即沸腾了，瓷缸瓷钵子的，响成一片。不多久，人人都捧一碗热腾腾的焦雪在吃，整个教室都被焦雪的香给淹没了。

男生们都特能吃，自带的干粮，往往没两天就见底了，他们就偷我们女生的。咸菜，炒蚕豆，焦雪，饼片，见什么偷什么。女生们都心知肚明着呢，也不戳穿他们，有时甚至有意不锁课桌肚，任他们偷食去。其结果是，所带的干粮，往往支撑不到周末。我们又要过几天饿肚子的日子。

也结伴着去同学家打牙祭。有女生晚上要归家取东西，我们呼啦啦吆喝上五六个人去送她。乡下的夜晚，那么安静，我们的动作，却搞得那样大，齐刷刷站在女生家的院墙外，兴奋地说笑，等着她父母来开门。她母亲后来给我们做荷包蛋吃，一人三只。我们就那么心安理得地吃下去，不知一个穷家里，那么多鸡蛋，该积攒多少时日。

就这样，吃着吃着，我们也就长大了。吃着吃着，我们也就毕业了。

那一夜，星光如许

清瘦黝黑的他守在一边，把一个父亲能给予的亲情和爱，全都无私地给了她。

那时，真是羡慕她。

我们一群乡下孩子，进城来高考，独自背着简单的行李，无人相送。只她身边，有父亲和上小学的弟弟陪着，前呼后拥的，让穿着一袭白裙子的她，公主般地高贵着。

我们入住在招待所。楼下是喧闹的农贸市场，各种买卖的声音，不时灌进耳里来。书是看不进去的，我们伏在窗口，望这个城。城市斑斓，犹如万花筒。我们在心里发着狠，等我们考上了，跳出"农门"，将来也要来这城里住。到那时，我们一天要逛两遍街，把这斑斓悉数看尽。

楼下，一溜排开的水果摊子，红瓤的西瓜，被劈成两半，摆在那儿当招牌。青皮红嘴的桃，堆得尖尖的，望得见甜蜜在里头。——真想吃啊。手头却是拮据的。——在地里苦活的父母，还顶着烈日在劳作，让我们也舍不得如此奢侈。

一回头，就看见了她的父亲和弟弟，一人手里抱着一个大西瓜，一人手里提着一袋的桃，上楼来了。我们暗暗想，真是有钱人哪。她父亲很快切好西瓜，洗好桃，给她送过去。其时，她正一边坐在楼道口吹风，一边胡乱地翻着一本书。父亲细心地剔去西瓜里的黑籽，一块一块，递给她吃。她吃到不想吃了，父亲还小声劝着，再吃两块吧，吃了会凉快些的。

傍晚，我们去盥洗间洗衣服。她父亲也端着一盆衣服去洗，是她刚换下的。她弟弟跟着，却噘着嘴，很不高兴的样子。父亲一边洗衣服，一边和风细雨地对弟弟说，姐姐明天就要高考了，西瓜是要省给姐姐吃的，你要懂事一点，等以后爸爸赚了钱，再给你买。

我们听着，有些诧异，原来，他也不富裕。回到宿舍，有同学不知从哪儿听来的消息，说她十岁那年，亲爸就死了，他不是她的亲爸，是继父，她弟弟才是他亲生的。我们震住，再见到他，就有了说不清的感动。

那个时候，高考还在最热的七月份。半夜里热得睡不着，加上有些紧张，我们干脆爬上露台去乘凉。不一会儿，看见她也上来了，后面跟着清瘦黝黑的他。他竟搬了一张席子来，摊到露台上，让她躺下。她听话地躺下，他坐在一边，给她摇扇子，一下一下，摇得满地星光飞溅。

我们一时间感动得无话可说，抬了头仰望星空。满天的星星，密集的小蝌蚪似的，拥着挤着，闪着光亮，仿佛就要掉下来。身边，他摇动扇子的声音，像轻轻响着的一支歌。夜风有一搭没一搭吹着，一个城，没在一片宁静里。我们暂且忘了高考的紧张，只觉得这样的夜空，极好的。

　　多年后，每每有人提及到高考，我的眼前，总会晃过她的样子：一袭白裙，公主般地高贵着。清瘦黝黑的他守在一边，把一个父亲能给予的亲情和爱，全都无私地给了她。不知她后来考上了没有。那似乎也不重要了，有他撑着，她的天空，一定少有风雨。

掌心化雪

雪在掌心，会悄悄融化成暖暖的水的。

那个时候，她家里真穷，父亲因病离世，母亲下岗，一个
家，风雨飘摇。

大冬天里，雪花飘得紧密。她很想要一件暖和的羽绒服，
把自己裹在里面。可是看看母亲愁苦的脸，她把这个欲望压进
肚子里。她穿着已洗得单薄的旧棉衣去上学，一路上冻得瑟
瑟。她想起安徒生的童话《卖火柴的小女孩》，她想，若是她也
有一把可供燃烧的火柴，该多好啊。——她实在太冷了。

拐过校园那棵粗大的梧桐树，一树银花，映着一个琼楼玉
宇的世界。她呆呆站着看，世界是美好的，寒冷却钻肌入骨。
突然，年轻的语文老师迎面而来，看到她，微微一愣，问："这
么冷的天，你怎么穿得这么少？瞧，你的嘴唇，都冻得发紫了。"

她慌张地答："不冷。"转身落荒而逃，逃离的身影，歪歪

扭扭。她是个自尊的孩子，她实在怕人窥见她衣服背后的贫穷。

语文课，她拿出课本来，准备做笔记。语文老师突然宣布："这节课我们来个景物描写竞赛，就写外面的雪。有丰厚的奖品等着你们哦。"

教室里炸了锅，同学们兴奋得喳喳喳，奖品刺激着大家的神经，私下猜测，会是什么呢？

很快，同学们都写好了，每个人都穷尽自己的好词好语。她也写了，却写得索然，她写道："雪是美的，也是冷的。"她没想过得奖，她认为那是很遥远的事，因为她的成绩一直不引人注目。加上家境贫寒，她有多自尊，就有多自卑，她把自己封闭成孤立的世界。

改天，作文发下来，她意外地看到，语文老师在她的作文后面批了一句话："雪在掌心，会悄悄融化成暖暖的水的。"这话带着温度，让她为之一暖。令她更为惊讶的是，竞赛中，她竟得了一等奖。一等奖仅仅一个，后面有两个二等奖、三个三等奖。

奖品搬上讲台，一等奖的奖品是漂亮的帽子和围巾，还有一双厚厚的棉手套。二等奖的奖品是围巾，三等奖的奖品是手套。

在热烈的掌声中，她绯红着脸，从语文老师手里领取了她的奖品。她觉得心中某个角落的雪，静悄悄地融了，湿润润的，暖了心。那个冬天，她戴着那顶帽子，裹着那条大围巾，戴着那副棉手套，严寒再也没有侵袭过她。她安然地度过了一个冬天，一直到春暖花开。

后来，她读大学了，她毕业工作了。她有了足够的钱，可以宽裕地享受生活。朋友们邀她去旅游，她不去，却一次一次往福利院跑，带了礼物去。她不像别的人，到了那里，把礼物丢下就完事，而是把孩子们召集起来，温柔地对孩子们说："来，宝贝们，我们来做个游戏。"

她的游戏，花样百出，有时猜谜语，有时背唐诗，有时算算术，有时捉迷藏。在游戏中胜出的孩子，会得到她的奖品——衣服、鞋子、书本等，都是孩子们正需要的。她让他们感到，那不是施舍，而是他们应得的奖励。温暖便如掌心化雪，悄悄融入孩子们卑微的心灵。

等你回家

路边，野葵和蒲公英开得兴兴的。做父亲的心，却低落得如一棵衰败的草。

陪一个父亲，去八百里外的戒毒所，探视他在那里戒毒的儿子。

戒毒所坐落在荒郊野外。我们的车，在乡间土路上颠簸着。路边，野葵和蒲公英开得兴兴的。一些鸟，在草地间飞起，又落下。天空蓝得很高远。做父亲的心，却低落得如一棵衰败的草，他恨恨地说，真不想来啊。

一路上，他不停地痛骂着儿子，列数着儿子种种的不是，说他毁了一个家，毁了他。他含辛茹苦养大他，为他在城里买了房、买了车，帮他娶了媳妇。那个不肖子，却被一帮狐朋狗友拖下水，去吸食毒品。房子吸没了，车子吸没了，媳妇吸跑了，他一辈子积攒的家业，几乎被他掏空了。

我真想跟他同归于尽！这个父亲，说到激愤处，双眼通红地睁着，抛出这样一句狠话来。若儿子在跟前，他是要把他撕成碎片才甘心的。

　　我坐在一边，听他痛骂，隐隐担着心，这样的父亲，去见儿子，会有怎样的结果？

　　车子静静地，一路向前。野葵和蒲公英，一路跟着。也终于，远远望见了几幢房，青砖青瓦，连在一起，坐落在一块开阔地。开车的师傅说，到了。做父亲的像突然被谁猛击了一掌似的，愣愣地，不相信地问，真的到了？一看表，快上午十点了。他急了，说，也不知能不能见着。因为按这家戒毒所的规定，上午十点之后，一律不允许探视。

　　他一口气跑到大门口。还好，还有十五分钟的时间。办了相关手续，这个父亲一秒也不曾停留，急急火火往探视室跑。很快，他儿子被管教干部带进来。高高壮壮的年轻人，脸上也无欢喜也无悲。他看到父亲，嘴角稍稍牵了牵，像嘲讽。一层玻璃隔着，他在里头，父亲在外头。做父亲的盯着他，从他进来起，就一直盯着他，话筒拿在手上，并不说话。

　　旁边，亦有来探视的人。一个长相甜美的女孩子，在玻璃窗外头，不停地用手指头在举起的另一掌上画着什么。在里头看着的，是个清秀的男孩子。他眼睛跟着女孩的手指转动，频频点头，含着泪笑。他是读懂她爱的密码的，从此，都改了吧。还有几个人，男男女女，大概是一家子，围在一起，争着跟里面一个中年人说话。里面的中年人，憔悴着一张脸，却一直笑着，一直笑着。这时，他们中的一个，突然到探视室外面，叫了一个男孩进来。孩子不过十一二岁，白净的面容，文文弱弱的。孩子怯怯地打量了四周一眼，走到中年人那里，拿过话筒，隔着玻璃窗，才说了一句什么，里面笑着的中年人，不笑了，他愣愣地看着孩子，眼泪下来了。

哭什么呢？你会改好的！我听到那些人里的一个大声说。

探视的时间快要过去了，管教干部已进来提醒。一直跟儿子对峙着的父亲，这时掉过头来。我发现他与刚才的强悍，判若两人，竟是一脸的戚容，他低声说，里面的日子，不好过的，看他，也黑了，也瘦了。

他问我，你有纸笔吗？

当然有。我掏出来给他，正疑惑着他要做什么，只见他低头在纸上迅速写下几个字，贴到玻璃窗上，给儿子看。里面的年轻人，看着看着，神情变了，两行泪，缓缓地，从他腮边滚落下来。

探视结束后，我看到这个父亲在纸上留下的字，那几个字是：儿子，等你回家。

你并不是个坏孩子

一句话，对于说的人来说，或许如行云掠过。但对于听的人来说，有时，却能温暖其一生。

一个自称叫陈小卫的人打电话给我，电话那头，他满怀激动地说："丁老师，我终于找到你了。"

他说他是我十年前的学生。我脑子迅速翻转着，十来年的教学生涯，我换过几所学校，教过无数的学生，实在记不起这个叫陈小卫的学生来。

他提醒我，"记得吗？那年你教我们初三，你穿红格子风衣，刚分配到我们学校不久。"

印象里，我是有一件红格子风衣的。那是青春好时光，我穿着它，蹦跳着走进一群孩子中间，微笑着对他们说："以后，我就是你们的老师了。"我看到孩子们的脸仰向我，饱满，热情，如阳光下的葵。

"我当时就坐在教室最北边一排啊，靠近窗口的，很调皮的那一个，经常打架，曾因打破一块窗玻璃，被你找到办公室谈话的。老师，你想起来没有？"他继续提醒我。

"是你啊！"我笑。记忆里，浮现出一个男孩子的身影来，隐约着，模糊着。他个子不高，眼睛总是半眯着看人，一副桀骜不驯的样子。经常迟到，作业不交，打架，甚至还偷偷学会抽烟。刚接他们班时，前任班主任特意对我着重谈了他的情况：父母早亡，跟着姨妈过，姨妈家孩子多，只能勉强管他吃穿。所以少教养，调皮捣蛋，无所不为。所有的老师一提到他，都头疼不已。

"老师，你记得那次玻璃事件吗？"他在电话里问。

当然记得。那是我接手他们班才一个星期，他就惹出一件事来，与同桌打架，打破窗玻璃，碎玻璃划破他的手，鲜血直流。

"你把我找去，我以为，你也和其他老师一样，会把我痛骂一顿，然后勒令我写检查，把我姨妈找来，赔玻璃。但你没有，你把我找去，先送我去医务室包扎伤口，还问我疼不疼。后来，你找我谈话，笑眯眯地看着我说，以后不要再打架了，你打了人，也会让自己受伤的对不对？那块玻璃你也没要我赔偿，是你掏钱买了一块重安上的。"他沉浸在回忆里。

我有些恍惚，旧日时光，飞花一般。隔了岁月的河流望过去，昔日的琐碎，都成了可爱。他突然说："老师，你做的这些，我很感动，但真正震撼我的，却是你当时说的一句话。"

这令我惊奇。他让我猜是哪句话，我猜不出。

他开心地在电话那头笑，说："老师，你对我说的是，你并不是个坏孩子哦。"

就这么简单的一句话，却让他记住了十来年。他说他现在也是一所学校的老师，他也常找调皮的孩子谈话，然后笑着轻拍一下他们的头，对他们说一句："你并不是个坏孩子哦。"

一句话，对于说的人来说，或许如行云掠过。但对于听的人来说，有时，却能温暖其一生。

女人如花

我最初是因她的笑注意到她的，一群人中，她的笑，如金属相扣，叮叮当当。

她居然叫如花，王如花。别人唤她："如花，如花。"乍听之下，以为定是个闭月羞花之貌的小女子。而事实上，她快五十岁了，人长得粗壮结实，脸上沟壑纵横。

最感染人的是她的笑，笑声朗朗，几里外可闻。我最初是因她的笑注意到她的，一群人中，她的笑，如金属相扣，叮叮当当。

门楣儿不惹眼，是一间旧房子，上悬一块木牌：家政服务中心。一屋的人，不知说起什么好笑的事，惹得她笑得上气不接下气。看到我在看她，她的笑并未停住，而是带着笑问："小妹子，你需要什么服务？"说话间，她已掏出她的名片，递到我跟前。

这委实让我吃一惊。低头看她的名片，"王如花"三个字，显目得很。底子上印一朵硕大的红牡丹，开得喜笑颜开。背面的字，密密的，从做家务活到护理人，她一一写上，似乎样样精通。当得知我只是需要清洁房子时，她手臂有力地一挥，爽朗地笑着说："这事儿简单，包在我身上，我保管帮你把房子打扫得连颗灰尘粒儿也找不着。"

当日，她就带了两个女人到了我家。一个年纪轻的，她说是她侄女，大学毕业了一直没找到工作。"干这个也挺好的，小妹子你说是不是？"她笑着问我。一个年纪稍大一些的，她说是她妹妹。"在家闲着也闲着，我让她来搭搭手。"她乐呵呵说。

我看看楼上楼下，这么大一个家，我充满疑虑，我说："你们行吗？"王如花哈哈大笑起来，她说："小妹子，你放心吧，我说行。"

她果真行。不到半天时间，我家里已大变样，窗明几净，地板光鉴照人。她额上沁满汗珠，笑声却一直没停过。她说："小妹子，我说个笑话你听啊，有次我去一户人家，男主人叫人把煤气罐从楼下扛到六楼去，一看是我，他说，咋不叫个男的来？我说，我先试试。我扛了煤气罐就上了楼，他人跟后面追都追不上。"

跟我说起她的故事来，她也一直笑着。男人因病瘫痪在床，都十多年了。唯一的儿子，跟人学了坏，被判刑入狱，现在还待在牢里。她去探监，跟儿子说了这样一句：儿子，妈妈会陪你重活一次，就当重生养你一回。说得儿子眼泪汪汪。

她说："小妹子，我儿子会学好的。"

她说："只要人在，日子会好起来的。"

我点头，我说："我信。"

她的活干得利索，收费也公道。结完账，我把清理出的一堆废报刊，送给了她。她很开心，冲我朗声笑道："小妹子，以后你家里有事需要我，你只要打我名片上的电话，我保管随叫随到。一回生，二回熟，我们以后就是老朋友了。"

我因她那句老朋友的话，独自莞尔良久。

小城不大，竟常遇到王如花。遇到时，她老远就送上朗朗的笑来，热情地跟我打招呼。有时，我在前面走着，突然听到后面的人群里，有人叫："如花，如花。"而后，我听到一阵笑声，如金属相扣，叮叮当当。不用回头，我知道那准是王如花，心里面陡地温暖起来、明媚起来。

第二辑
有一种爱叫相依为命

这世上，有一种最为凝重、最为深厚、最为坚固的情感，叫相依为命。它与幸福离得最近，且不会轻易破碎。

爱到无力

母亲犹如一棵老了的树，在不知不觉中，它掉叶了，它光秃秃了，连轻如羽毛的阳光，它也扛不住了。

母亲踅进厨房有好大一会儿了。

我们兄妹几个一边坐在屋前晒太阳，等着开午饭，一边闲闲地说着话。这是每年的惯例，春节期间，兄妹几个约好了日子，从各自的小家出发，回到母亲身边来拜年。母亲总是高兴地给我们忙这忙那。这个喜欢吃蔬菜，那个喜欢吃鱼，这个爱吃糯米糕，那个好辣，母亲都记着。端上来的菜，投了人人的喜好。临了，母亲还给离家最远的我，备上好多好吃的带上。这个袋子里装青菜菠菜，那个袋子里装年糕肉丸子。姐姐戏称我每次回家，都是鬼子进村，大扫荡了。的确有点像。母亲恨不得把她自己，也塞到袋子里，让我带回城，好事无巨细地把我照顾好。

这次回家，母亲也是高兴的，围在我们身边转半天，看着这个笑，看着那个笑。我们的孩子，一齐叫她外婆，她不知怎么应答才好。摸摸这个的手，抚抚那个的脸。这是多么灿烂热闹的场景啊，它把一切的困厄苦痛，全都掩藏得不见影踪。母亲的笑，便一直挂在脸上，像窗花贴在窗上。母亲突然想起什么似的说："我要到地里挑青菜了。"却因找一把小锹，屋里屋外乱转了一通，最后在窗台边找到它。姐姐说："妈老了。"

妈真的老了吗？我们顺着姐姐的目光，一齐看过去。母亲在阳光下发愣，"我要做什么的？哦，挑青菜呢。"母亲自言自语。背影看起来，真小啊，小得像一枚皱褶的核桃。

厨房里，动静不像往年大，有些静悄悄。母亲在切芋头，切几刀，停一下，仿佛被什么绊住了思绪。她抬头愣愣看着一处，复又低头切起来。我跳进厨房要帮忙，母亲慌了，拦住，连连说："快出去，别弄脏你的衣裳。"我看看身上，银色外套，银色毛领子，的确是不经脏的。

我继续坐到屋前晒太阳。阳光无限好，仿佛还是昔时的模样，温暖，无忧。却又不同了，因为我们都不是昔时的那一个了，一些现实无法回避：祖父卧床不起已好些时日，大小便失禁，床前照料之人，只有母亲。大冬天里，母亲双手浸在冰冷的河水里，给祖父洗弄脏的被褥。姐姐的孩子，好好的突然患了眼疾，视力急剧下降，去医院检查，竟是严重的青光眼。母亲愁得夜不成眠，逢人便问，孩子没了眼睛咋办呢？都快问成祥林嫂了。弟弟婚姻破裂，一个人形只影单地晃来晃去，母亲当着人面落泪不止，她不知道拿她这个儿子怎么办。母亲自己，也是多病多难的，贫血，多眩晕。手有严重的风湿性关节炎，疼痛，指头已伸不直了。家里家外，却少不了她那双手的操劳。

我再进厨房，钟已敲过十二点了。太阳当头照，我的孩子嚷饿，我去看饭熟了没。母亲竟还在切芋头，旁边的篮子里，晾着洗好的青菜。锅灶却是冷的。母亲昔日的利落，已消失殆尽。看到我，她恍然惊醒过来，异常歉意地说："乖乖，饿了吧？饭就快好了。"这一说，差点把我的泪说出来。我说："妈，还是我来吧。"我麻利地清洗锅盆，炒菜烧汤煮饭，母亲在一边看着，没再阻拦。

回城的时候，我第一次没大包小包地往回带东西，连一片菜叶子也没带。母亲内疚得无以复加，她的脸，贴着我的车窗，反反复复地说："乖乖，让你空着手啊，让你空着手啊。"我背过脸去，我说："妈，城里什么都有的。"我怕我的泪，会抑制不住掉下来。以前我总以为，青山青，绿水长，我的母亲，永远是母亲，永远有着饱满的爱，供我们吮吸。而事实上，不是这样的，母亲犹如一棵老了的树，在不知不觉中，它掉叶了，它光秃秃了，连轻如羽毛的阳光，它也扛不住了。

我的母亲，终于爱到无力。

有一种爱叫相依为命

原来这世上，有一种最为凝重、最为浑厚、最为坚固的情感，叫相依为命。它与幸福离得最近，不会轻易破碎。

有人做实验，把一匹狼和一只刚出生的小羊放到一起养。所有人都不看好小羊的命运，觉得狼迟早会吃掉小羊。但结果却是，狼非但没有吃掉小羊，反而成了小羊最亲密的朋友。它们一起玩耍、一起嬉戏，形影不离。

实验结束后，工作人员把小羊牵走，这时，出现了感人的一幕：狼奋力扑到铁丝网上，对着铁丝网外的小羊长嗷不已，声音凄厉至极。小羊听到狼的叫唤，奋力挣脱绳索，反扑过来，哀哀应着。生离死别般的。

原来，狼和羊也是可以相爱的啊，它们彼此的孤寂相互吸引，在日子的累积之下，衍生出同病相怜风雨同舟的情感来。

狼和小羊的故事，让我想起我的祖父祖母。我的祖母身材修长，皮肤白皙，年轻时是出了名的美人，而我的祖父，个头矮小，皮肤黝黑，还罗圈腿。他们两个怎么看也不像般配的一对。我曾追问过祖母怎么会嫁给祖父。祖母笑着说，那个时候女人嫁人之前，根本就不知道自己要嫁的男人是什么样的，全凭父母做主，嫁鸡随鸡，嫁狗随狗。

在这种认定命运安排的前提下，我的祖父祖母过起了家常的日子，一路相伴着走下来，一生生育七个子女，都养大成人。老了的两个人，像两只老猫似的，相偎着坐在屋前晒太阳。偶尔，祖父出外转转，祖母转眼见不到祖父，会着急地到处询问：老头子呢？老头子哪去了？

祖母八十二岁那年，生病住院开刀。家里人怕祖父担心，瞒他说祖母是小病，在医院住两天就可以回家了，不让他去医院探望。祖父嘴上答应了，背地里却一个人骑了自行车，赶了三十多里的路，摸到医院去看望祖母。祖母仿佛有感应似的，忽然对我们说，老头子来了。大家不信，到门外去看，果真看到祖父正喘着粗气，颤巍巍地站在门外。

还听过这样一个故事：上个世纪六十年代，某大学教授被下放到边远山村，在那里吃尽苦头。幸好有一当地姑娘很照顾他，让他在阴霾里，看到阳光，他和姑娘结了婚。后落实政策，教授返城，才华出众的他，身边一下子簇满了众多优秀的女人，个个都是熠熠复熠熠的。有人劝教授，离了乡下的那个，重找一个相配的吧。教授拒绝了，他说，我已习惯了生活中有她。他坚持把大字不识一个的妻子，从乡下接到城里来，和她同进同出。

这世上，有一种最为凝重、最为深厚、最为坚固的情感，叫相依为命。它与幸福离得最近，且不会轻易破碎。因为，那是天长日久里的渗透，是融入彼此生命中的温暖。

父亲的理想

这些东西，总是源源不断地运到我的家里来，是父母源源
不断的爱。

母亲夜里做了一个梦，一个很不好的梦，是事关我的。

半夜里被吓醒，母亲坐床上再也睡不着。第二天天一亮，
就催促父亲进城来看我。

父亲辗转坐车过来，我已上班去了，家里自然没人。父亲
就围着我的房子前后左右地转，又伸手推推我锁好的大门，没
发现异样，心稍稍安定。

我回家时，已是午饭时分。远远就望见父亲，站在我院门
前的台阶上，顶着一头灰白的发，朝着我回家的方向眺望。脚
跟边，立一鼓鼓的蛇皮袋。不用打开，我就知道，那里面装的
是什么。那是母亲在地里种的菜蔬，青菜啊大蒜啊萝卜啊，都
是我爱吃的。一年四季，这些菜蔬，总会源源不断地输送到我

的家里来。

父亲见到我，把我上下打量了好几遍后，这才长长地舒口气说："没事就好，没事就好。"又絮叨地告诉我，母亲夜里做怎样的梦了，又是怎样地被吓醒。"你妈一夜未睡，就担心你出事。"父亲说。我仔细看父亲，发现他眼里有红丝缠绕，想来父亲一定也一夜未眠。

我埋怨父亲，"我能有什么事呢，你们在家净瞎想。"父亲搓着手"呵呵"笑，说："没事就好，没事就好。"他解开蛇皮袋袋口的扎绳，双手提起倾倒，菜蔬们立即欢快地在地板上蹦跳。青菜绿得饱满，萝卜水灵白胖。我抓了一只白萝卜，在水龙头下冲了冲，张口就咬。父亲乐了，说："我和你妈就知道你喜欢吃。"看我的眼神，又满足又幸福。

饭后，我赶写一篇稿子，父亲坐我边上，戴了老花眼镜，翻看我桌上的报刊。他翻看得极慢，手点在上面，一个字一个字地看，像寻宝似的。我笑他，"爸，照你这翻看速度，一天也看不了一页呀。"父亲笑着低声嘟囔："我在找你写的。"

我一愣，眼中一热。转身到书橱里，捧了一叠我发表的文章给父亲看。父亲惊喜万分地问："这都是你写的？"我说："是啊。"父亲的眼睛，乐得眯成了一条缝，连连说："好，好，我丁家出人才了。"他盯着印在报刊上我的名字，目不转睛地看，看得眼神迷离。他感慨地笑着说："还记得你拖着鼻涕的样子呢。"

旧时光一下子回转了来。那个时候，我还是绕着父亲膝盖撒欢的小丫头，而父亲，风华正茂，吹拉弹唱，无所不能，是村子里公认的"秀才"。那样的父亲，是怀了远大的抱负的，他想过学表演，想过做教师，想过从医。但穷家里，有我们四个儿女的拖累，父亲的抱负，终是落空。

随口问一句："爸，你现在还有理想吗？"

父亲说："当然有啊。"

我充满好奇地问是什么。我以为父亲会说要砌新房子啥的。老屋已很破旧了，父亲一直想盖一幢新房子。

但父亲笑笑说："我的理想就是，能和你妈平平安安地度过晚年，自己能养活自己，不给儿女们添一点儿负担，不要儿女们操一点点心。"

父亲说这些话时语气淡然，一双操劳一生的手，安静地搁在刊有我文章的一叠报刊上。青筋突兀，如老根盘结。

花盆里的风信子

桃红的花朵，像燃烧着的小灯笼，把他黯淡的人生，照得色彩明艳。

他一直不是个好学生，惹是生非，自由散漫，不学无术。老师们看到他就摇头，同学们也不待见他。为了让他少惹事，老师们对他说："张星，这次考试，你可以不参加。""张星，星期天补课，你可以不来。"他乐得逍遥，整日里游东逛西，打发光阴。偶尔坐在教室里，也是伏在课桌上睡觉。

新来的女老师，有双美丽的大眼睛。女老师特别喜欢花草，自己掏钱包，买来很多的花草装点教室。这个窗台上搁一盆九月菊，那个窗台上放一盆吊兰，教室被她装点得像个小花园。

那天，上课铃声响过后，他才拖拖沓沓进教室，却遇见女老师一双微笑的眼。女老师手上托一个小花盆，对他说："张星，这盆花放在你旁边的窗台上，交给你管理，可以吗？"

他有些意外，一时竟愣住了。定睛看去，花盆里只一坨泥，哪里有半点花的影子。女老师看出他的疑惑，笑吟吟说："泥里面埋着花的根呢，只要你好好待它，它会很快长出叶来、开出花来。"

他接下花盆，心慢慢湿润了，第一次有种被人信任的感觉。虽然表面上，他还是一副满不在乎的样子。

他极少再东游西荡，待在教室里的时间，越来越长。他不再伏在桌上睡觉，他给那盆花松土、浇水。他的眼光，常不由自主地望向那只小花盆，心里开始充满期待。

春寒料峭的日子，那盆土里，竟冒出了嫩黄的芽。芽最初只有指甲大小，像羞怯的小虫子，探头探脑地探出泥土来。他忍不住一声惊叫："啊，出芽了！"心里的欣喜，排山倒海。同学们簇拥过来，围在他的座位旁，和他一起观看那粒芽苞苞。弱小的生命，在他们的守望中，渐渐蓬勃起来。三月的时候，葱绿的枝叶间，开出了桃红的花，一朵缀着一朵，密密的。居然是一盆漂亮的风信子。

他激动地拉来女老师。女老师低头嗅花，突然微笑着问他，"张星，你知道风信子的花语是什么吗？"他茫然地摇摇头。女老师说："风信子的花语是，只要点燃生命之火，便可同享丰盛人生。"他没有吱声，若有所思地打量着那盆花。桃红的花朵，像燃烧着的小灯笼，把他黯淡的人生，照得色彩明艳。

他开始摊开课本，认真学习。他本不是个笨孩子，成绩很快上去了。老师们都有些惊讶，说："张星啊，没看出你这小子还有两下子呀。"他羞涩地笑。坚硬的心，像窗台上的那盆风信子，慢慢地盛开了。有些疼痛，有些欢喜。做人的感觉，原来是这么的好。

　　后来，他毕业了。由于基础太差，他没能考上大学。但他却找到了自己的人生支点，租了一块地，专门种花草。经年之后，他成了远近闻名的花匠，培育出许多品质优良的花卉，其中，有各种各样的风信子。

她已走过了花木葱茏

在岁月的年轮中，母亲早已走过她的花木葱茏，回到生命的最初。

母亲突然变得胆小了。

比方说，天一黑，她就不敢到屋外去。哪怕是在自家家门口，也只是从这间屋子，走到另一间屋子去。而从前，她常常是独自一人，顶着星星，在地里拾棉花，有时能拾上大半夜，浑身落满露珠的清凉。

再比方说，睡觉时她不敢面朝着窗户。窗帘挡得再严实，她也不敢。而从前，破房子里，处处漏风，她挡在外面，像棵大树似的，替我们抵御风寒。

再再比方说，在她住了一辈子的村庄里，她也会迷路，再不敢擅自外出。而从前，弟弟远在南京上学，从未出过远门的她，挎着一大包她做的糯米饼，一个人摸过去，几经辗转，准确无误地抵达弟弟学校门口。

母亲好像在一夕间老下去，她怯弱得近乎懦弱了。她走路小心翼翼。说话小心翼翼。连微笑，也是小心翼翼的。哪里的一声声响，都会惊吓到她。谁的声音稍稍抬高一些，她也会害怕。而从前，她脚下生风，嗓门比谁的都高。和隔壁邻居吵架，她能吵上大半天，硬是把那个五大三粗的邻居，骂得缩回屋子去。

她患了小感冒，头晕目眩，吃不下饭，便以为活不成了，让父亲十万火急招我们兄妹回家。她一脸戚容，躺在病床上，对着我们哭，哭得凄惶极了，雨打风催般的，仿佛生离死别。而从前，她发着高烧，也还能挑着百十斤的担子，在田埂道上健步如飞。割水稻时，没留心，一刀下去，恨不得剜下她腿上一大块的肉，血流如注。她也只是皱皱眉头，一滴泪也没有掉。

带她进城对身体做全面检查。她亦步亦趋跟着我，碎碎念，乖乖呀，给你添麻烦了，给你添麻烦了。检查的片子很快出来了，母亲很紧张，她蜷缩在我身后，眼巴巴瞅着医生。医生拿着她新拍的片子，上看看，下看看，然后慢条斯理说，老人家，你只是感冒了，有点小炎症。你身体好着呢，没啥别的毛病。

母亲不相信地看着医生。医生说，我给你开点消炎药，你吃吃就好了。母亲很乖地点头，使劲点头，她脸上的笑容，像迎春花触着春风，一点一点张开来。她高兴地对我说，医生说我没病呢。

留母亲在我家小住。母亲起初不肯，她放心不下家里的四只羊、两只鸡、一条狗，还有我父亲。你爸一个人在家呢，母亲说。像把一个小小孩丢在家里，她愧疚得很。我们有事要出门去，母亲赶紧跟过来，抢着开门。我说你这是干吗呢？母亲语气坚定地说，我要跟你们出去。我觉得好笑，我说，我们一会儿就回来的。母亲却很固执，一定要跟着。拗不过她，只好带上她。在路上，母亲终于说出她的心声，一个人在你们家，我怕。我万分惊讶，我说大白天的，你怕什么呢？何况这是我家啊。母亲不好意思地笑了，小声嘟哝，我也不知道，我就是怕。

母亲的爱好不多，她不爱看电视，不爱听音乐，又不识字，书报也看不懂。她只能一边干坐在我的阳台上晒太阳，一边望楼下经过的车，一辆一辆地数。我怕她闷得慌，抽空陪她聊天，聊聊村子里新近发生的事，聊聊从前。母亲显得很欢喜，话也多起来，是鱼儿终归大海的样子。说到兴头上，却突然止了，很担心地问我，我没耽误你的时间吧？

夜晚，城里的灯火，才刚刚盛开，母亲就说要睡了。我安顿她睡下，给她塞好被子。她不放心地探出头来问，你不会再出去吧？我答，不出去的，我就守在这里。母亲满意地躺下，笑笑的，笑着笑着，就睡熟了。灯光洒在母亲脸上，像洒下一层橘子粉，母亲那张皱纹密布的脸，看上去又天真又纯净。

我轻轻关了灯，想着，等天亮了，就带她去吃她喜欢吃的自助餐，想吃多少就吃多少。在岁月的年轮中，母亲早已走过她的花木葱茏，回到生命的最初。从现在起，我要把她当孩子来宠。

天堂有棵枇杷树

他没有悲痛，有的只是感恩，因为妈妈的爱，从未曾离开过他。

年轻的母亲，不幸患上癌，生命无多的日子里，她最放心不下的，是她四岁的儿子星星。从儿子生下起，她与儿子，就不曾有过别离。她不敢想象儿子失去她后的情景，曾试着问过儿子，要是不见了妈妈，星星会怎么办呢？儿子想也没想地说，星星就哭，妈妈听到星星哭，妈妈就出来了。

她听了，一颗心难过得碎了，她在心里说，宝贝，你那时就是哭破了嗓子，妈妈也听不到了。

因为化疗，她一头秀发，渐渐掉落，如秋风扫落叶。儿子好奇地打量着她，问，妈妈，你的头发哪里去了？

她看着一脸天真的儿子，心如刀割，但脸上却笑着，她说，妈妈的头发，去了天堂呀。然后，她装着很神秘的样子，悄声对儿子说，星星，妈妈告诉你一个秘密，你不要告诉别人哦。

孩子很兴奋，郑重地承诺，妈妈，星星不告诉别人。两只晶莹的大眼睛，一动不动盯着她。

她把儿子搂到怀里，搂得紧紧的，笑着跟儿子耳语，妈妈可能要离开星星了，妈妈也要去天堂。

天堂在哪里？妈妈要去做什么呢？孩子有些着急。

天堂啊，离家很远很远，妈妈要去那里种一棵枇杷树。星星不是最爱吃枇杷么？

哦，孩子认真地想了想，那，妈妈把星星也带去，好不好？

不行，宝贝。年轻的母亲，摸摸儿子稚嫩的小脸蛋说，你现在还不可以去，因为你是小孩呀，天堂里，不准小孩去。等你长大了，长到比妈妈还要大好多好多时，才可以去哦。

那，妈妈会等星星吗？

会的，妈妈会一直等星星。妈妈在那儿，种一棵最大最大的枇杷树，树上，会结好多甜甜的枇杷，等着星星去吃。但星星得答应妈妈，妈妈走后，星星不许哭哦，一定要乖，要听爷爷奶奶的话，听爸爸的话，这样才能快快长大，知道不？

孩子高兴地点头答应了。

不久之后，年轻的妈妈安静地走了。孩子一点也不悲伤，他坚信妈妈是去了天堂，是去种枇杷树了。夏天的时候，枇杷上市，橙黄的果实，充满甜蜜。孩子吃到了很鲜艳的枇杷，他开心地想，那一定是妈妈种的。

一些年后，孩子终于长大，长大到明白死亡，原是尘世永隔。这时，孩子心中的枇杷树，早已根深叶茂，挂一树甜蜜的果了。他没有悲痛，有的只是感恩，因为妈妈的爱，从未曾离开过他。他也因此学会，怎样在人生的无奈与伤痛里，种出一棵希望的枇杷树来，而后静静等待，幸福的降临。

一朵栀子花

有时，无须整座花园，只要一朵栀子花。一朵，就足以美丽其一生。

从没留意过那个女孩子，是因为她太过平常了，甚至有些丑陋——皮肤黝黑，脸庞宽大，一双小眼睛老像睁不开似的。

成绩也平平，字写得东扭西歪，像被狂风吹过的小草。所有老师极少关注到她，她自己也寡言少语。以至于有一次，班里搞集体活动，老师数来数去，还差一个人。问同学们缺谁了。大家你瞪我我瞪你，就是想不起来缺了她。其时，她正一个人伏在课桌上睡觉。

她的位子，也是安排在教室最后一桌，靠近角落。她守着那个位子，仿佛守住一小片天，孤独而萧索。

某一日课堂上，我让学生们自习，而我，则在课桌间不断来回走动，以解答学生们的疑问。当我走到最后一排时，稍一低头，突然闻到一阵花香，浓稠的，蜜甜的。窗外风正轻拂，是初夏的一段和煦时光。教室门前，一排广玉兰，花都开好了，一朵一朵硕大的花，栖在枝上，白鸽似的。我以为，是那种花香。再低头闻闻，不对啊，分明是我身边的，一阵一阵，固执地绕鼻不息。

我的眼睛搜寻了去，就发现了，一朵凝脂样的小白花，白蝶似的，落在她的发里面。是栀子花呀，我最喜欢的一种花。忍不住向她低了头去，笑道："好香的花！"她当时正在纸上信笔涂鸦，一道试题，被她肢解得七零八落。闻听我的话，她显然一愣，抬了头怔怔看我。当看到我眼中一汪笑意，她的脸色，迅速潮红，不好意思地嘴一抿。那一刻，她笑得美极了。

余下的时间里，我发现她坐得端端正正，认真做着试题。中间居然还主动举手问我一个她不懂的问题，我稍一点拨，她便懂了。我在心里叹，原来，她也是个聪明的孩子呀。

隔天，我发现我的教科书里，不知什么时候多了一朵栀子花。花含苞，但香气却裹也裹不住地漫溢出来。我猜是她送的。往她座位看去，便承接住了她含笑的眼。我对她笑着一颔首，是感谢了。她脸一红，再笑，竟有着羞涩的妩媚。其他学生不知情，也跟着笑。而我不说，只对她眨眨眼，就像守着一段秘密，她知道，我知道。

在这样的秘密守候下，她发生了翻天覆地的变化，活泼多了，爱唱爱跳，同学们都喜欢上她。她的成绩也大幅度提高，让所有教她的老师，再不能忽视。老师们都惊讶地说："呀，看不出这孩子，挺有潜力的呢。"

几年后，她出人意料地考上一所名牌大学。在一次寄我的明信片上，她写上这样一段话："老师，我有个愿望，想种一棵栀子树，让它开许多许多可爱的栀子花。然后，一朵一朵，送给喜欢它的人。那么这个世界，便会变得无比芳香。"

是的是的，有时，无须整座花园，只要一朵栀子花。一朵，就足以美丽其一生。

他在岁月面前认了输

老下去，原不过是一瞬间的事。

他花两天的时间，终于在院门前的花坛里，给我搭出两排瓜架子。竖十格，横十格，匀称如巧妇缝的针脚。搭架子所需的竹竿，均是他从几百里外的乡下带来的。难以想象，扛着一捆竹竿的他，走在车水马龙的大街上是副什么模样。

他说："这下子可以种刀豆、黄瓜、丝瓜、扁豆了。"

"多得你吃不了的。"他两手叉腰，矮胖的身子，泡在一罐的夕阳里。仿佛那竹架上，已有果实累累。其时的夕阳，正穿过一扇透明的窗，落在院子里，小院子像极了一个敞口的罐子。

我不想打击他的积极性，不过巴掌大的一块地，能长出什么来呢？而且我，根本不稀罕吃那些了。我言不由衷地对他的"杰作"表示出欢喜，我说："哦，真不赖。"是因为我突然发现，他除了搭搭瓜架子外，实在不能再帮我做什么了。

他在我家沙发上坐，碰翻掉茶几上一套紫砂壶。他进卫生间洗澡，水漫了一卫生间。我叮嘱他："帮我看着煤气灶上的汤锅啊，汤沸了帮我关掉。"他答应得相当爽快，"好，好，你放心做事去吧，这点小事，我会做的。"然而，等我在电脑上敲完一篇稿子出来，发现汤锅的汤，已溢得满煤气灶都是，他正手忙脚乱地拿了抹布擦。

我们聊天。他的话变得特别少，只顾盯着我傻笑，我无论说什么，他都点头。我说："爸，你也说点什么吧。"他低了头想，突然无头无脑说："你小时候，一到冬天，小脸就冻得像个红苹果。"想了一会儿又说："你妈现在开始嫌弃我喽，老骂我老糊涂，她让我去小店买盐，我到了那里，却忘了她让我买什么了。"

"呵呵，老啦，真的老啦。"他这样感叹，叹着叹着，就睡着了。身子歪在沙发上，半张着嘴，鼾声如雷。灯光下，他头上的发、腮旁的鬓发和下巴的胡茬，都白得刺目，似点点霜花落。

可分明就在昨日，他还是那么意气风发，把一把二胡拉得音符纷飞。他给村人们代写家信，文采斐然。最忙的是年脚下，村人们都夹了红纸来，央他写春联。小屋子里挤满人，笑语声在门里门外荡。大年初一，他背着手在全村转悠，家家门户上，都贴着他的杰作。他这儿看看，那儿瞅瞅，颇是自得。

我上大学，他送我去，背着我的行李，大步流星走在前头。再大的城，他也能摸到路。那时，他的后背望上去，像一堵厚实的墙。

老下去，原不过是一瞬间的事。

我带他去商场购衣，帮他购一套，帮母亲购一套。

他拦在我前头抢着掏钱，"我来，我有钱的。"他"唰"一下，掏出一把来，全是五块十块的零票子。我把他的手挡回去，我说："这钱，留着你和妈买点好吃的，平时不要那么省。"他推让，极豪气地说："我们不省的，我和你妈还能忙得动两亩田，我们有钱的。"待看清衣服的标价，他吓得咋舌，"太贵了，我们不用穿这么好的。"

那两套衣，不过几百块。

我让他试衣。他大肚腩，驼背，衣服穿身上，怎么扯也扯不平整。他却欢喜得很，盯着镜子里的自己，连连说："太好看了，我穿这么好回去，怕你妈都不认得我了。"

他先出去的。我在后面叫："爸，不要跑丢了。"他嘴硬，对我摆摆手，"放心，这点路，我还是认得的。"等我付了款，拿了衣出门，却发现他在商场门口转圈儿，他根本不辨方向了。

我上前牵了他的手，他不习惯地缩回。我也不习惯，这么多年了，我们都没牵过手。我再次牵他的手，我说："你看大街上这么多人，你要是被车碰伤了怎么办？你得跟着我走。"

他"唔"一声，脸上露出迷惘的神情，粗糙的手，惶惶地，终于在我的掌中落下来。他安安静静地跟着我，任由我牵着他。恍然间忆起小的时候，我们也曾这样牵手，只是如今，我和他的角色互相调换了。我的眼睛，有些模糊，是夕阳晃花眼了吧？

奔跑的小狮子

妈妈是要让她迅速成为一头奔跑的小狮子，好让她在漫漫人生路上，能够很好地活下来。

她常回忆起八岁以前的日子：风吹得轻轻的，花开得漫漫的，天蓝得像大海。妈妈给她梳漂亮的小辫子，辫梢上扎蝴蝶结，大红、粉紫、鹅黄。给她穿漂亮的裙，带她去动物园，看猴子爬树，给鸟喂食。妈妈给她讲童话故事，讲公主一睁开眼睛，就看到王子了。她问妈妈，我也是公主吗？妈妈答，是的，你是妈妈的小公主。

可是有一天，她睁开眼睛，一切全变了样。妈妈一脸严肃地对她说，从现在开始，你是大孩子了，要学着做事。妈妈给她端来一个小脸盆，脸盆里泡着她换下来的衣裳。妈妈说，自己的衣裳以后要自己洗。

正是大冬天，水冰凉彻骨，她瑟缩着小手，不肯伸到水里。

妈妈在一边，毫不留情地把她的小手，按到水里面。

妈妈也不再给她梳漂亮的小辫子了，而是让她自己胡乱地用皮筋扎成一束，蓬松着。她去学校，别的小朋友都笑她，叫她小刺猬。她回家对妈妈哭，妈妈只淡淡说了一句，慢慢就会梳好了。

她不再有金色童年。所有的空余，都被妈妈逼着做事，洗衣、扫地、做饭，甚至去买菜。第一次去买菜，她攥着妈妈给的钱，胆怯地站在菜市场门口。她看到别的孩子，牵着妈妈的手，一蹦一跳地走过，那么的快乐。她小小的心，在那一刻，涨满疼痛。她想，我肯定不是妈妈亲生的。

她回去问妈妈，妈妈没有说是，也没有说不是。只是埋头挑拣着她买回来的菜，说，买黄瓜，要买有刺的，有刺的才新鲜，明白吗？

她流着泪点头，第一次懂得了悲凉的滋味。她心里对自己说，我要快快长大，长大了去找亲妈妈。

几个月的时间，她学会了烧饭、炒菜、洗衣裳；她也学会，一分钱一分钱地算账，能辨认出，哪些蔬菜不新鲜；她还学会，钉纽扣。

一天，妈妈对她说，妈妈要出趟远门。妈妈说这话时，表情淡淡的。她点了一下头，转身跑开。等她放学回家，果然不见了妈妈。她自己给自己梳漂亮的小辫子，自己做饭给自己吃，日子一如寻常。偶尔，她也会想一想妈妈，只觉得，很遥远。

再后来的一天，妈妈成了照片上的一个人。大家告诉她，妈妈得病死了。她听了，木木的，并不觉得特别难过。

半年后，父亲再娶。继母对她不好，几乎不怎么过问她的事。这对她影响不大，基本的生存本领，她早已学会，她自己把自己打理得很好。如岩缝中的一棵小草，一路顽强地长大。

她是在看电视里的《动物世界》时，流下热泪的。那个时候，她已嫁得好夫婿，在日子里安稳。《动物世界》中，一头母狮子拼命踢咬一头小狮子，直到它奔跑起来为止。她就在那会儿，想起妈妈，当年，妈妈重病在身，不得不硬起心肠对她，原是要让她，迅速成为一头奔跑的小狮子，好让她在漫漫人生路上，能够很好地活下来。

父亲的菜园子

地里面，一些嫩绿的小芽儿，已冒出泥土来，正探头探脑着。

父亲在电话里给我描绘他的菜园子：菠菜，大蒜，韭菜，萝卜，大白菜，芫荽，莴苣……里面什么都长了，你爱吃的瓜果蔬菜有的是，你就等着吃吧。

我的眼前，便浮现出这样的菜园子：里面的青翠缠绵成一片，深绿配浅绿，吸纳着阳光雨露。实在美好。

既而我又有些怀疑了，父亲虽是农民，但他使的是粗活，挑河挖地，他很在行。而种瓜果蔬菜，是精致活，像绣花一样的，得心细才行。这一些，几十年来，都是母亲做的，父亲根本不会。

我的疑虑还未说出口，父亲就在那头得意地说，种菜有什么难的？我一学就会了。我知道你喜欢吃这些呢，所以辟了很大的一个菜园子。

自从母亲的类风湿日益严重后，父亲学会了做很多事，譬如煮饭和洗衣。想到年近七十的老父亲，在锅台上笨拙的样子，我的眼睛，就忍不住发酸。父亲却呵呵乐，说，等你回来，我到菜园子里挑了菜，炒给你吃，保管你喜欢的。

　　父亲的菜园子，在父亲的描绘中，日益蓬勃起来。他说，青椒多得吃不掉了，扁豆结得到处都是，黄瓜又打了许多花苞苞，萝卜马上能吃了……我家的餐桌上，便常常新鲜蔬菜不断，碧绿澄清。有的是父亲亲自送来的，有的是父亲托人带来的。父亲说，市场上的蔬菜农药太多，你们少买了吃，还是吃家里带的好。

　　有时，父亲带来的蔬菜太多，我吃不掉，会分赠给左右邻居。即便这样，父亲仍在电话里问，够不够吃？不够，我菜园子里多着呢。仿佛他那儿有一口井，可以源源不断地喷出清泉来。

　　便想象父亲的菜园子，里面的瓜果蔬菜，长势喜人，是一畦一畦的活泼呢。

　　偶然得了机会，我回家转，第一件事，就是直奔父亲的菜园子。母亲坐在院门口笑，母亲说，你爸哪里有什么菜园子啊，学了大半年，他才学会种青菜。这人笨呢。

　　我疑惑，那，爸送我的那些蔬菜哪里来的？

　　母亲说，是你爸帮工帮来的。我不能种菜了，他又不会种，怕你没菜吃，他就去邻居家帮工，人家就送他一些现长的瓜果蔬菜。

怔住。回头，瞥见父亲正站在不远处，不好意思地冲我笑，他因他的"谎言"被揭穿而羞赧。嘴上却不肯服输，招手叫我过去，说，你别听你妈瞎说，我不止会种青菜的，我还学会种芫荽。

他领我去屋后，那里，新辟了一块地，地里面，一些嫩绿的小芽儿，已冒出泥土来，正探头探脑着。父亲指着那些芽儿告诉我，这是青菜，那是芫荽。还种了一些豌豆呢。你看，长得多好。

这里，很快会成一片菜园子，你下次回家来看，肯定就不一样了，父亲说。父亲的脸上，有骄傲，有向往，有疼爱。

我点头。我说到时记得给我送点青菜，还有芫荽，还有豌豆。我喜欢吃。

母亲的心

　　大街上，人来人往，没有人会留意到，那儿，正走着一个普通的母亲，她用肩扛着，一颗做母亲的心。

　　那不过是一堆自家晒的霉干菜、自家风干的香肠，还有地里长的花生和蚕豆、晒干的萝卜丝和红薯片……

　　她努力把这东西搬放到邮局柜台上，一边小心翼翼地询问，寄这些到国外，要几天才能收到？

　　这是六月天，外面太阳炎炎，听得见暑气在风中"滋滋"开拆的声音。她赶了不少路，额上的皱纹里，渗着密密的汗珠，皮肤黝黑里泛出一层红来。像新翻开的泥土，质朴着。

　　这天，到邮局办事的人，特别多。寄快件的，寄包裹的，寄挂号的，一片繁忙。她的问话，很快被淹在一片嘈杂里。她并不气馁，过一会儿便小心地问上一句，寄这些到国外，要多少天才收到？

当她得知最快的是航空邮寄，三五天就能收到，但邮寄费用贵。她站着想了会儿，而后决定，航空邮寄。有好心的人，看看她寄的东西，说，你划不来的，你寄的这些东西，不值钱，你的邮费，能买好几大堆这样的东西呢。

她冲说话的人笑，说，我儿在国外，想吃呢。

却被告之，花生、蚕豆之类的，不可以国际邮寄。她当即愣在那儿，手足无措。她先是请求邮局的工作人员通融一下。就寄这一回，她说。邮局的工作人员跟她解释，不是我们不通融啊，是有规定啊，国际包裹中，这些属违禁品。

她"哦"了声，一下子没了主张，站在那儿，眼望着她那堆土产品出神，低声喃喃，我儿喜欢吃呢，这可怎么办？

有人建议她，给他寄钱去，让他买别的东西吃。又或者，他那边有花生蚕豆卖也说不定。

她笑笑，摇头。突然想起什么来，问邮局的工作人员，花生糖可以寄吗？里边答，这个倒可以，只要包装好了。她兴奋起来，那么，五香蚕豆也可以寄了？我会包装得好好的，不会坏掉。里边的人显然没碰到过寄五香蚕豆的，他们想一想，模糊着答，真空包装的，应该可以吧。

这样的答复，很是鼓舞她，她连声说谢谢，仿佛别人帮了她很大的忙。她把摊在柜台上的东西，一一收拾好，重新装到蛇皮袋里，背在肩上。她有些歉疚地冲柜台里的人点头，麻烦你们了，我今天不寄了，等我回家做好花生糖和五香蚕豆，明天再来寄。

　　她走了，笑着。烈日照在她身上，蛇皮袋扛在她肩上。大街上，人来人往，没有人会留意到，那儿，正走着一个普通的母亲，她用肩扛着，一颗做母亲的心。

第三辑
一天就是一辈子

风吹着窗外的花树，云唱
着蓝天的歌谣，怎么样，
都是好了，我可以把一天，
过成我想要的一辈子。

小欢喜

　　这凡尘到底有什么可留恋的？原来，都是这些小欢喜啊。它们在我的生命里，唱着歌，跳着舞。活着，也就成了一件特别让人不舍的事情。

　　喜欢这样一种状态：太阳很好地照着，我在走，行人在走，微笑，我们对面相见不相识。心里却萌生出浅浅的欢喜，就像相遇一棵树、相逢一朵花。

　　路边的热闹，一日一日不间断。上午八九点的时候，主妇们买菜回家了，她们蹲在家门口择菜，隔着一条巷道，与对面人家拉家常。阳光在巷道的水泥地上跳跃，小鱼一样的。我仿佛闻到饭菜的香，这样凡尘的幸福，不遥远。

　　也总要路过一个翠竹园。是街边辟开的一块地，里面栽了数杆竹，盖了两间小亭子，放了几张石凳石椅，便成了园。我很爱那些竹，它们的叶子，总是饱满地绿着，生机勃勃，冬也不败。某日晚上路过，我透过竹叶的缝隙，看到一个亮透了的月亮，像一枚晶莹的果子，挂在竹枝上。天空澄清。那样的画面，经久在我的脑海里，每当我想起时，总要笑上一笑。

还是这个小园子，不知从哪天起，它成了周围老人们的天下。老人们早也聚在那里，晚也聚在那里，吹拉弹唱，声音洪亮。他们在唱京剧。风吹，丝竹飘摇，衬了老人们的身影，鹤发童颜，我常常看得痴过去。京剧我不喜欢听，我吃不消它的拖拉和铿锵。但老人们的唱我却是喜欢的，我喜欢看他们兴高采烈的样子，那是最好的生活态度。等我老了，我也要学他们，天天放声歌唱，我不唱京剧，我唱越剧。

路走久了，路边的一些陌生便成熟悉。譬如，拐角处那个卖报的女人，我下班的时候，会问她买一份报，看看当天的新闻。五月，她身旁的石榴树，全开了花，一盏盏小红灯笼似的，点缀在绿叶间，分外妖娆。我说，你瞧，这些花都是你的呀。她扭头看一眼，笑了。再遇见我，她会主动跟我打招呼，送上暖人的笑。有时我们也会聊几句，我甚至知道了，她有一个女儿，在读高中，成绩不错。

还有一家花店，开在离我单位不远的地方。花店的主人，居然是个男人，看起来五大三粗的。男人原是一家机械厂的职工，机械厂倒闭后，男人失了业。因从小喜欢花草，他先是在碗里长花，阳台上长一排，有太阳花，有非洲菊，有三叶草。花开时节，他家的阳台上，成花海。左邻右舍看见，喜欢得不得了，都来问他讨要。男人后来干脆开了一家花店，买了一些奇奇怪怪的小花盆，专门长花草。那些小花盆里长出的花草，都一副喜眉喜眼的样子，可爱得很。看他弯腰侍弄花草，总让人心里生出柔软来。我路过，有时会拐进去，问他买上一盆两盆花，偶尔也会买上几枝百合回家插。他每次都额外送我几枝满天星，说，花草可以让人安宁。真想不到这样的话，是他说出来的。一时惊异，继而低头笑，我是犯了以貌取人的错的。我捧花在手，小小的欢喜，盈满怀。

也在路边捡过富贵竹。是新开张的一家店，门口祝福的花篮儿，摆了一圈。翌日，繁华散去，主人把那些花篮，随便弃在路边。我看见几枝富贵竹，夹杂在里头，蔫头蔫脑的，完全失了生机。我捡起它们，带回家，找一个玻璃瓶插进去。不过半天工夫，它们的枝叶，已吸足水分，全都精神抖擞起来。

再隔几日，那几枝富贵竹，竟冒出根须来。隔了一层玻璃看，那些根须，很像银色的小鱼。我把它们放在我的电脑旁，无论我什么时候看它们，它们都是绿盈盈的。这捡来的一捧绿，让我心里充满感动和快乐。

曾经我想过一个问题：这凡尘到底有什么可留恋的？原来，都是这些小欢喜啊。它们在我的生命里，唱着歌，跳着舞。活着，也就成了一件特别让人不舍的事情。

月亮天

有时，安静的力量，要远远大于喧哗。

我要对此刻的天空说点什么才好。

此刻，晚上八九点。月亮升得很高了，天空澄澈得仿若一潭湖水。一两颗星子，是水里面游着的小鱼，轻盈又活泼。

万物经过一春的盛放、一夏的喧闹，渐渐各归其位。这很像一场繁华演出，高潮已过，终到谢幕。于演员也好，于观众也好，都得到了各自所需的，心满意足了。灯光也就一盏一盏熄灭了，站起身，掸掸衣，都回家睡觉去吧。

虫鸣声藏起来了。桂香藏起来了。偶有一两片树叶飘落，声音便格外的响，嘎嚓，嘎嚓。我以为，那是树的心跳声。天与地，都安静下来，撤除防御，卸下武装，裸露着一颗心，让月光晾晒。人在这样的月亮天里走着，容易模糊了时间，模糊了地域，模糊了生死界限。岁月无垠，有亘古况味的感觉。

有时，安静的力量，要远远大于喧哗。

月亮似硕大的花朵，开在天上。你说是朵白莲，像。说是朵白菊花，像。我要说，它更像一朵白牡丹，富贵雍容得不行。也只有这个时候的月亮，才当得起这"雍容"二字吧。月白风清，也说的是这样的时刻吧？

清代德隐说："对此怀素心，千里共明月。"我很喜欢他说的这个"素心"。经月光的洗濯，再染尘的心，怕也会明净起来的吧。那怀着素心之人，一个一个，在月下重逢了。"晨兴理荒秽，戴月荷锄归"，那是归隐田园的陶渊明；"我歌月徘徊，我舞影零乱"，那是洒脱狂放的李白；"从今若许闲乘月，拄杖无时夜叩门"，那是奢望和平安宁的陆游。吕洞宾也来了，他带着一个小牧童而来，"归来饱饭黄昏后，不脱蓑衣卧月明"。月光为毯、为被，那小牧童酣睡的样子，实在动人。

我的童年，便也跟着奔跑而来。这样的月亮天，我们在屋里铁定是待不住的。出门去，游戏多着呢，弹玉球，拍火花，跳房子，踢毽子，跳绳。或用长棉线扯着一片破塑料纸，沿着田间小路，呼呼地往前冲。想象着自己是举着一面旌旗呢，正率领着千军万马。

大人们闹不懂我们为什么这么"疯"，总要责骂，大半夜的，还不睡觉，魂丢外面去啦！他们说对了，我们的确把魂丢在外面了，丢在那片月色里了。我们总要玩到月亮西沉，才回到屋内去睡。一时三刻却睡不着，眼睛睁得大大的，看着窗外的月亮天，瞎兴奋。哦，这样的月亮天，能不叫人快乐嘛！

　　我在路边亭子里的石凳上坐下来。有凉意穿透衣衫，直抵我的肌肤。但也只是一小会儿，我的体温，就让石凳变暖和了。——只要你捧出足够的温度，纵使石头，也会被捂暖。人与人的关系，人与物的关系，莫不如是。

　　难得碰见孩子了。现在的孩子，都被关在密封的房子里，少了在月下追逐的野趣。他们怕是连月亮长什么样，也不大说得清的。一对散步的老夫妇，并排走着，喁喁地说着话，从我身边走过去。他们的发上、肩上，落满白花瓣一般的月光。我微笑着，目送他们，直到他们彻底与一片月色，融合到一起。

一天就是一辈子

哪怕生命只剩最后一天，都为时不晚。

我买了一堆彩铅，作画。

我在纸上随意描摹，画猫，画狗，画小草，画小花。态度谦恭认真，像刚学涂鸦的小孩。人见之，大不解，问我什么的都有。"你为什么现在要学画画？画了做什么用的？""你是想改行做画家么？""是哪里约你的画稿吗？""你是想给自己的书画插图么？"……无一例外的，都奔着一定的功利去。仿佛我种下一棵树，就是为了收获到一树的果，否则，就不符世道常规，就让人匪夷所思了。

可是，有时种树，只为那栽种时劳作的喜悦，有阳光洒下来，有汗水滴下来，泥土芬芳，内心充盈，就很好了呀。它实在无关以后，以后，有没有一树的花，有没有一树的果，有什么要紧呢！

年少时，我是那么热衷地喜欢过画画。梦想里，是想拥有一屋子的彩笔，画一屋子的画，在墙上随便贴。却被大人们认为不务正业，他们苦口婆心地劝告，小孩嘛，将来考上好大学，找份好工作，做人中龙凤，才是最好的奋斗目标。我很听话地，藏起自己的梦想，一日一日，朝着大人们所要求的样子，成长起来。偶尔想起，我曾经也有过自己的梦的，却恍若隔世了。

　　想想我们一生，几乎都活在世道的常规里。做任何事，走任何路，是早就规定好了的，由不得我们自己做主。我们以世俗的目光，来衡量着成败，追逐着那些所谓的梦想，追得好辛苦。到头来，外表或许很光鲜了，繁花似锦，内里，却空空如也，一颗心，常常找不到着落处。在前行的路上，我们早把自己弄丢了。

　　好在还有时间来弥补。我以为，哪怕生命只剩最后一天，都为时不晚。这一天，你完全属于你自己，你可以捡拾起从前喜欢的笛子，吹上两段，断续不成曲那又有什么关系？你不必在乎他人的眼光，不必在意曲调是否流畅，你只享受着你吹响的那一刻。手握笛子，有音符从心底飞出，你很快乐。能够使自己快乐，才是人生最大的收获。

　　就像现在我拿起画笔，不定画什么，也不定画成什么模样，赤橙黄绿，落在纸上，都是我缤纷的喜悦。那些我曾经的年少，那些我隐藏的梦想，在纸上一一抵达。风吹着窗外的花树，云唱着蓝天的歌谣，怎么样，都是好了，我可以把一天，过成我想要的一辈子。

半日春光

人生的得与失，总是相对应而存在，焉知有时不会逢着意外的欢喜呢？

跑去宜兴看溶洞。结果发现，溶洞自然是好看的，更好看的却是，那里的春光。

从张公洞出来，已是午后。我和那人本来是要去陶祖圣境的，那是在网上购得的联票。景区一小服务员，大概没去过那里，见我们发问，随口对我们说，不远的呀，走上十五分钟就到了。

信了她的话，我们兴冲冲奔着陶祖圣境而去，路却越走越远。路上少有行人，偶有路过的车辆，呼啸着驶过去，留下一片静。好不容易逮住一骑车人，问，陶祖圣境还有多远？那人小愣了半天，很有些惭愧地说，不知道呢。

我们猜测着种种可能性，或许我们方向搞错了。又或许这个景点，很小，很不出色，连当地的百姓都不知道。心里却不急，走走停停，停停走走，满眼都是春天的好景色，足够我们赏玩的了。能开花的树，都撑着满满当当的一树花，云蒸霞蔚着。桃红柳绿间，不时还会跳出一撮或几撮的金黄来，冒冒失失的，如同率性的孩子，满地撒着欢打着滚，把金黄的颜色，染得满头满脸。那是油菜花。静的世界，被它搅动得喧闹欢腾。不远处，青山如淡墨轻染。如果看到水，则更动人了，水边红花朵黄花朵，朵朵生动。多好，多好啊。我们走着看着，看着走着，竟忘了此行的目的，眼睛被染得五颜六色，心被染得五颜六色。

竹多。人家的家前屋后，都是。山上山下，都是。不由得想起《诗经》中的"瞻彼淇奥，绿竹猗猗"之句。用"猗猗"来形容这宜兴春天的竹子，真是再贴切不过了，又茂盛又美好。

遇见卖竹笋的，是两个当地农妇。她们的脚跟边守着一堆新鲜的竹笋，一只只都胖乎乎的，饱满欢实得很。问问价钱，实在不贵，两块钱一斤。农妇黑红的脸上，满是笑意，说，买点儿？烧肉吃好吃呢。我们犹豫着，真想啊，但是走远路带不动哪。

她们便有些好奇，问，你们这是要去哪儿？

去陶祖圣境，我们答。

陶祖圣境？她们一时愣住，互相打听，有这个地方吗？后来一人终于悟道，怕是有西施洞的那个地方吧？还有好远的路呢，在山上呢，你们这么走着，是要走到天黑的。

你们就这么走着来的？她们不相信地问。

我们笑答，是啊，走着呢。

她们立即肃然起敬，哎呀，真不简单。一边为我们可惜着，你们怎么不在张公洞乘旅游1号的车呀？怎么就走这么远了？

心里面窃笑，且得意着，我们把你们的春天偷看了呢。

告别她们，我们继续前行。人家的房，都一副福气满满的样子，被花儿们左抱右拥着。或菜花。或桃花。或紫荆。或海棠。哪一种，都是全心全意一丝不苟地盛开着。柳枝飞扬。翠竹滴翠。远远近近的颜色们，各各占据一方，又相互交融。像绣娘摊开绣布，用滴着颜色的丝线，一针一针给绣出来的。无论黄，无论红，无论绿，无论紫，都鲜亮得叫人惊诧和惊叹。鸟儿的鸣叫，格外动听，含了香带了翠的，宛转在密密的竹林中、山坡上、花树间。

最终我们没去成陶祖圣境。太阳快落山的时候，我们搭上了从竹海开往宜兴的最后一班车。内心却无遗憾，因为我们相逢到这半日春光，偷得了浮生半日闲。人生的得与失，总是相对应而存在，焉知有时不会逢着意外的欢喜呢？我只从容地走着，等着。

低到尘埃的美好

幸福哪里有什么标准？原来，每个人有每个人的幸福。

一

家附近，住着一群民工，四川人，瘦小的个头。他们分散在城市的各个角落，搞建筑的有，搞装潢的有，修车修鞋搞搬运的也有。一律的男人，生活单调而辛苦。天黑的时候，他们陆续归来，吃完简单的晚饭，就在小区里转悠。看见谁家小孩，他们会停下来，傻笑着看。他们想自家的孩子了。

就有孩子来了，起先一个，后来两个、三个……那些黑瘦的孩子，睁着晶亮的大眼睛，被他们的民工父亲牵着手，小心地打量着这座城。但孩子到底是孩子，他们很快打消不安，在小区的巷道里，如小马驹似的奔跑起来，快乐地。

一日，我去小区商店买东西，在商店门口发现了那群孩子。他们挤挤攘攘在小店门口，一个孩子掌上摊着硬币，他们很认真地在数，一块，两块，三块……

我以为他们贪嘴，想买零食吃呢，笑笑走开了。等我买好东西出来时，看见他们正围着卖女孩子头花的摊儿，热闹地吵着："要红的，要红的，红的好看！"他们把买来的红头花，递到他们中的女孩子手里。又吵嚷着去买贴画，那是男孩子们玩的，贴在衣上，或是墙上。他们争相比较着哪张贴画好看，人人手里，都多了一份满足。

再见到他们在小巷里奔跑，女孩子们黄而稀少的发上，一律盛开着两朵花，艳艳地晃了人的眼。男孩子们的胸前，则都贴着贴画。他们像群追风的猫，抛撒着一路的快乐。

二

去一家专卖店，看中一条纱巾。浅粉的，缀满流苏，无限温柔。

爱不释手，要买。店主抱歉地说，这条不卖，是留给一个人的。

便好奇，她买得，我为什么买不得？你可以让她去挑别的嘛。

店主笑，给我讲了一个故事。故事的主人公，是个女人，女人先天性眼盲。家里境况又不好，她历尽一些人生的酸苦，成了盲人按摩师。女人特别喜欢纱巾，一年四季都系着，搭配着不同的衣服。

也是巧合了，女人那日来她的店，只轻轻一抚这条纱巾，竟脱口说出它的颜色，浅粉的呀。这让店主大为诧异。她当时没带钱，走时一再关照店主，一定要给她留着。

我最终都没见到那个女人。但我想，走在大街上，她应该是最美的那一个。有这样的美在，人世间还有什么样的艰难困苦不能逾越的？

三

朋友去内蒙古大草原。

九月末的大草原，已一片冬的景象，草枯叶黄。零落的蒙古包，孤零在路边。朋友的脑中，原先一直盘旋着"天苍苍，野茫茫，风吹草低见牛羊"的波澜壮阔，直到面对，他才知，生活，远远不是想象里的诗情画意。

主人好客，热情地把他让进蒙古包中。扑鼻的是呛人的羊膻味，一口大锅里，热汽正蒸腾，是白水煮羊肉。怕冷的苍蝇，都聚集到室内来，满蒙古包里乱窜。室内陈设简陋，唯一有点现代气息的，是一台十四英寸电视，很陈旧的样子。看不出实际年龄的老夫妻，红黑的脸上，是谦和的笑，不住地给他让座。坐？哪里坐？黑不溜秋的毡毯，就在脚边上。朋友尴尬地笑，实在是落座也难。心底的怜悯，滔滔江水似的，一漫一大片。

却在回眸的刹那，眼睛被一抹红艳艳牵住。屋角边，一件说不出是什么的物什上，插着一束花。居然是束康乃馨，花朵朵朵绽放，艳红艳红的。朋友诧异，这茫茫无际的大草原，这满眼的枯黄衰败之中，哪里来的康乃馨？

主人夫妻笑得淡然而满足，说，孩子送的。孩子在外读大学呢，我们过生日，他们让邮递员送了花来。

那一瞬间，朋友的灵魂受到极大震撼，朋友联想到幸福这个词，朋友说，幸福哪里有什么标准？原来，每个人有每个人的幸福。

我在朋友的故事里微笑着沉默，我想得更多的是，那些低到尘埃里的美好，它们无处不在。怜悯是对它们的亵渎，而敬畏和感恩，才是对它们最好的礼赞。

品味时尚

假如，与亲情相约也能成为一种时尚，将有多少父母笑开颜啊。

是在突然间起了念头，要来个农家游的。

那日，闲来翻报，看到休闲时尚一栏，大幅的照片上，村庄田畴铺陈，阳光融融，人们笑脸灿烂。旁有文字介绍，说上海市民现在最时尚的生活，是去乡下吃农家饭、品农家菜、看农家景。

失笑不已，这样的时尚，我在一二十年前可是天天品味着的。

得了启示，休息日里，电话召集同样在外工作的弟弟，我说我们这次一起来个农家游可好？

两家人马，浩荡成一支团队，直往乡下——我们的老家扑去。慌张了我们的父母，他们站在屋前，手足无措地望着我们笑，问，乖乖啊，今天又不过年又不过节的，咋都回来了呢？

一笑，回他们，想你们了呗。话说完，脸暗自红，若不是受这时尚的农家游的启发，生活在城里的我们，平常日子里，哪里会想到父母？

父母冷清的小屋，因我们的到来而热闹。家里养的小黄狗也来凑热闹，老熟人似的，绕了我们的脚跟嗅。一只小羊跑来，站在门口，朝着我们好奇地张望。琥珀色的眼睛里，有着孩童般的温柔和天真。母亲介绍它像介绍她另外的孩子，母亲说，这是家里刚生的小羊，这小家伙聪明得跟人似的，我和你爸从田里回来，它都老远跑过去接。前些天，它吃了下过露水的草，泻肚子了，再给它湿草，它怎么也不肯吃了。

我们都以为奇，围着小羊拍照。暗喜不已，这样的"明星人物"，到哪里找？六岁的小侄子，更是抱着它，当了活玩具，喜欢得不肯松手了。

提了篮子，去地里摘菜蔬。初夏的天，地里的植物们，葱茏得不能再葱茏。瓜果多的是，香瓜梨瓜木瓜，比赛着结。——随便摘吧。蔬菜多的是，韭菜一垄一垄地绿着。还有小青菜，嫩得掐得出水来。黄豆荚也饱满得刚刚好，用韭菜炒嫩黄豆吃，既鲜嫩又清新。

邻居们隔屋相望，远远招呼，我家有紫茄子要不要？

要，当然要。提了篮子就过去了，摘了小半篮子。邻人还嫌不够，频相劝，再多摘点呀，我家里多着呢。

心里满溢的都是好。乡下人家就是实诚，在他们，给予是福，而你的接受，对他们来说，更是福。因为你的接受，意味着没拿他们当外人。心与心，原是这样靠近的。

很快，正宗的土灶上，烧出正宗的土菜，父亲还斩了一只草鸡。一桌子的好吃好喝。我们埋头大吃，直吃得打饱嗝。父母却吃得少，一直在一旁笑眯眯地看着我们，不时地叹一声，真好。

真好什么呢？在他们，子女能常回家看看，就是最大的满足。我突然想，假如，与亲情相约也能成为一种时尚，将有多少父母笑开颜啊。而我们，也因这样的时尚，可以时常与记忆里的自己重逢，去童年待过的地方走一走，去问候一下从前的蓝天和白云。人生会因此，更为丰满。

跟着一朵阳光走

生命还会重来，美好就在前面等着。

那日，我正收拾书桌，突然看到一朵阳光，爬到我的书上。一朵小花似的，喜眉喜眼地开着。又像一只小白猫，蹑手蹑脚着。

我晃晃书页，它便轻轻动了动，一歪头，跳到桌旁的一盆水仙上。在水仙的脸上，调皮地抹上一层薄粉。后来，它跳到窗台上。跳到门前的一棵树上。树光秃秃的，冬天还没真正过去，这朵阳光却不介意，它在赤条条的树枝上蹦蹦跳跳。它知道，用不了多久，那里会重新长出叶来。那时，春天也就来了。

我的脚步不由自主地跟过去，我要跟着一朵阳光走。

阳光跑到屋旁的一堆碎砖上。碎砖是一户人家装修房子留下来的，被大家当作了晒台。有时上面晾着拖把。有时上面晒着鞋子。隔壁的陈奶奶把洗净的雪里蕻，晾在上面，说是要腌咸菜。她半是骄傲半是幸福地说，她在省城里的儿媳妇，特别爱吃她腌的咸菜。

阳光在砖堆上留下了它的热、它的暖。它又跳到一小片菜地上。小菜地瘦瘦长长的，挨着一条小径。原先是块荒地，里面胡乱长些杂草，夏天蚊虫多，走过的人都速速走开，漠然着。后来，不知谁把它整出来，这个在里面栽点葱，那个在里面种点菜。还有人在里面栽了一株海棠。阳光晴好的天，海棠花凌凌地开了，一朵一朵，红宝石似的，望过去特别漂亮。大家有事没事，爱凑到这儿，看看葱，看看菜，赏赏花，彼此说些闲话。

谁也不曾留意，阳光已悄悄地，跳到了人的心里面。

现在，这朵阳光继续着它的行程。它走到一片绿化带上。绿化带上有树、有草，也有花。草枯了，花谢了，然不要紧的，它会唤醒它们。我似乎听到它的耳语：生命还会重来，美好就在前面等着。

人是怀抱着希望在这个世上行走的，植物们何尝不是？

树是栾树，叶掉了，枝上留着一撮一撮干枯了的果。我伸手够一串，剥开，里面黑黑的珠子跳出来，和这朵阳光热烈拥抱。我想起有关栾树的记载，说是寺庙多有栽种，用它们的果粒来穿佛珠。

尘世万物，本就存了佛心的。

一只小鸟，在路边的草地里跳跃。它的嘴巴尖尖的、长长的，一身斑斓的毛。奇的是，它的头上，长了两只小小的角。我不识这是什么鸟，这无关它的欢喜安乐。它的头，灵活地东转西转、东张西望，仿佛初来乍到，对周遭的一切好奇极了。

　　这朵阳光，跳到小鸟的脚边。小鸟一定感觉到了，它低下头去啄食，一上一下，一上一下，怎么啄也啄不完。天空高远，草地温暖。

　　我微笑起来，干脆在路边坐下来，看小鸟，看阳光。阳光照强大也照弱小，阳光善待每一个生命。我们要做的，唯有不辜负，不辜负这朵阳光，不辜负这场生命。

让每一个日子，都看见欢喜

人生到底怎样活着才有意义？我想，遵从内心的召唤，认认真真地活着，让每一个日子，都看见欢喜，这或许才是它最大的意义所在。

一个从小在都市长大的女孩，受过良好教育，通音律，会钢琴，还出国留过学。回国后，她在城里拥有一份让人称羡的工作，生活安逸无虞。一次偶然机会，她去大山里游玩，被大山深深吸引住了，从此魂牵梦萦。

后来，女孩毅然决然放弃了城里的热闹与繁华，跑到大山里，承包了土地种梨树。从没握过农具的手，在挖下第一个土坑时，手上就起了血泡。疼，疼得钻心。前来看她的母亲，抱住她哭，求她，我们回去吧。她却执意留下。当昔日的同事，坐在开着空调的咖啡厅里，听着音乐，品着咖啡时，她正顶着烈日，在给梨树施肥除草。渴了，就弯腰到山泉边，捧上一口溪水喝。累了，就和衣躺到草地上，头枕着山风，休息一会儿。

熟悉她的人，没有一个不说她犯傻。读了二十多年的书，接受了那么多现代教育，最后却把那些统统丢弃了，跑到大山里做起山民，这人生过得还有意义吗？

有记者拿了这个问题去采访女孩。女孩没有直接回答，而是带了记者去她的梨园。一路上，野花遍地，女孩边跑边采。时有调皮的小松鼠，从林中蹿出来，女孩冲它招招手。鸟亦多，两年的山里生活，女孩已能叫出不少鸟的名字了。梨花刚开过，青青的果，花苞苞似的冒出来。女孩轻轻掀开一片叶，让记者看她的梨。女孩说，你看，它们一天一天在长大，将会有好多人吃到它们的甜。

女孩是真心实意喜欢上山里的日子，清静，碧绿，还有鸟叫虫鸣常伴左右。女孩说，在这里，我每天都望见欢喜，我觉得很幸福。

女孩的故事，让我想起老家的烧饼炉子。烧饼炉子在老街上，我小的时候，它就在。摊烧饼卖的，是个男人，高高的个头，背微驼。他把揉好的面，摊在案板上，手持一根小棍，轻轻轧，轧成圆圆的一块。再挖一大勺馅，加到里面。把它揉圆，再摊开，撒上芝麻，贴到烧红的炉子边缘上。旁边等的人，会不时关照两句，师傅啊，多放点馅啊。师傅啊，多撒点芝麻啊。他一一答应。

他的烧饼炉子，一摆就是四十多年。他靠它，把两个女儿送进大学。如今，女儿出息了，一个在北京，一个在深圳，都有房有车，要接他去安享晚年。他去住了两天，住不惯，又跑回来，守着他的烧饼炉子。每天清晨五点，他准时起床，生炉子，和面，做馅。不一会儿，上学的孩子来了，围住他的烧饼炉子，小鸟似的，叽叽喳喳地叫，爷爷，多放点馅啊。爷爷，多撒点芝麻啊。他笑眯眯地应着，好，好。

你看，这一茬又一茬人，是吃着我的烧饼长大的，他呷一口浓茶，望着街上东来西往的人，无比安然地说。那只茶杯，紫砂的，也很有些年代了。问他，果然是。跟他三十年了，都跟出感情来了，成了他须臾不离的亲密伙伴。

人生到底怎样活着才有意义？我想，遵从内心的召唤，认认真真地活着，让每一个日子，都看见欢喜，这或许才是它最大的意义所在。

一个人的歌谣

　　我还能做什么好呢？这些日常的琐碎啊，即使换了朝改了代，那琐碎也还在的。

　　喜欢阳光的天。

　　钻石一样的阳光，在人家房屋顶上闪亮，在一些树枝上闪亮，在楼前的道路上闪亮。来来往往的行人头上、身上，便都镶着阳光的钻石，无论贫富，无论贵贱。阳光善待每一个生命。

　　做桂花糕的老人，又推出了他的小摊子，在路边现做现卖。硬纸板上，简陋的几个字当招牌：宫廷桂花糕。我买一块，味道真的很好，绵软而香甜。暗地想，是哪朝哪代宫廷制作此糕的秘方，流落到民间来的？会不会从诗经年代就有了呢？如此一想，我的舌尖上，就有了千古绵延的味道。

　　楼下人家的花被子，在阳光下晒太阳。陪同花被子一起晒太阳的，还有两双棉拖鞋。一双红，一双蓝。这是一对夫妻的。女人在街头摆摊卖水果，男人是个货车司机。我遇见过两次，路灯下，他们伴着一拖车的水果，回家。男人在前面拉，女人在后面推。晚风吹。

这是俗世，烟火凡尘，男人的，女人的。爱着，生活着。每遇见这些景象，我的心里，都会蹦出欢喜来。我会发痴地想上一想，几千年前，也是这样的晴空丽日么，也有这样俗世的一群吧。

那时候，野地里植物妖娆，卷耳、谖草、薇、苤苢、唐、蔓……每一种植物，都有一个可亲的温暖的名字。天空无边无际。大地无边无际。草木森森，野兽飞鸟自由出没。人呢？人也是一株植物，饱满葱茏，随性而长。

男人们多半强壮，他们打猎。他们垂钓。他们大碗喝酒，击缶而歌。艳遇遍地，不期然的，就能遇到一个木槿花一样的女子。他们爱得辗转反侧，心底里，欢唱着一支又一支快乐的歌谣，都在说着爱。

女人们则有着小麦一样的肤色，丰满而美好。她们采桑采唐采薇，亲近着每一株植物，把它们当作心中的神。她们放牧着牛羊，在山坡上唱歌跳舞。她们采葛采绿，织染衣裳。她们在梅树下，大胆地呼唤着她们的爱情："求我庶士，迨其谓之。"她们守候在约会的河畔，望穿秋水，跺着脚发着狠："子不我思，岂无他人？"

真喜欢他们的歌谣啊，率真、野性，是未染杂尘的璞玉。

他们用它，在俗世里，谈情说爱，聊解忧愁。

我常不可遏制地陷入冥想，我就是他们中的一个。是去水边采荇菜的女子，有着绿色的手臂、绿色的腰肢。是在隰地采桑的女子，布衣荆钗，远远望见那人来了，耳热心跳的。是在沟边采葛的女子，一日不见，如隔三秋，相思无限长。是把家里的鸡鸭牛羊养得壮壮的女子，守着门楣，洗手做羹汤，只盼良人能早归……

我还能做什么好呢？这些日常的琐碎啊，即使换了朝改了代，那琐碎也还在的。它们如同血液，渗入生命里，和着生命一起奔流。就像我窗外这凡俗着的一群。千百年了，人类从来不曾走远过，还在俗世里活着、爱着，唱着他们自己的歌谣。

我能做的，唯有倾听。

书香作伴

如果书也是一朵花，我这样想象着，如果是的话，那么，风吹来，随便吹开的一页，那一页，便是盛开的一瓣花。

年少的时候，我曾热切地做过一个梦，一个有关书的梦：开一家小书店，抬头是书，低头还是书。

那时家贫，无钱买书。对书的渴望，很像饥寒的人，对一碗热汤的渴盼。偶尔得了几枚硬币，不舍得用，慢慢积攒着，等有一天，走上几十里的土路，到老街上去。

老街上最诱惑我的，不是酸酸甜甜的糖葫芦，不是香香喷喷的各色糕点，不是喜欢的红绸带，而是小人书。小人书是属于一个中年男人的，他把书摊摆在某棵大树下，或是巷道的拐角处。书大多破旧得很了，有的甚至连封面都没了，可是，有什么关系呢？它们在我眼里，是散着馨香的。我穿过川流的人群奔过去，我穿过满街的热闹奔过去，远远望见那个男人，望见他脚跟前的书，心里腾跳出欢喜来，哦，在呢，在呢。我扑过去，蹲在那里，租了书看，直看到暮色四合，用尽身上最后一枚硬币。

读小学时，我的班主任家里，订有一些报刊，让我垂涎不已。班主任跟我父亲是旧交，凭着这层关系，我常去他家借书看。他对书也是珍爱的，一次只肯借我一本。有时夜晚，借来的书看完了，我又想看另外的。这种欲望一旦产生，便汹涌澎湃起来，势不可当。怕父母阻拦，我偷偷出门，跑去班主任家，一个人走上五六里的路。乡村的夜，空旷得无边无际，偶有一声两声狗吠，叫得格外突兀，让人心惊肉跳。我看着自己小小的影子，在月下行走，像一枚飘着的叶，内心却被一种幸福，填得满满的。新借得的书，安静在我的怀里，温良、敦厚，让我有满怀的欢喜。

多年后，我想起那些夜晚，还觉得幸福。母亲惊奇，那时候，你还那么小，一个人走夜路，怎么不晓得害怕？我笑，我那时有书作伴呢，哪里想到怕了？那样的月色，漫着，水一样的。一个村庄，在安睡。我走在村庄的梦里面，怀里的书，散发出温暖亲切的气息。

上高中时，语文老师清瘦矍铄，爱书如命。他藏有一壁橱的书。我憋足了劲学好语文，只为讨得他欢喜，好开口问他借书。他也终于答应我，我想读书时，可以去他家借。

他家住在老街上，很旧的平房，木板门上的铜环都生锈了。

屋顶上黛青色的瓦缝里，长着一蓬一蓬的狗尾巴草。这样的房子，在我眼里，却如童话中的小城堡，只要打开，里面就会蹦跳出无数的美好来。

是四五月吧，他屋门前的一棵泡桐树，开了一树紫色的桐花，小花伞似的，撑着。我去借书，看到他在树下坐着，一人，一椅，一本书。读到高兴处，他拊掌大叹，妙啊！

他孩子气的大叹，让我看到人生还有另一种活法：单纯，洁净，桐花一般地美好着，与书有关。

后来，我离开老街，忘了很多的人和事，却常不经意地会想起他：一树的桐花，开得摇摇欲坠，他在树下端坐。如果我的记忆也是一册书，那么，他已成一枚书签，插在这册书里面。

而今，我早已拥有了自己的书房，也算实现了当初的梦想——抬头是书，低头还是书。若是外出，不管去哪里，我最喜欢逛的，定是当地的书店和书摊。

午后时光，太阳暖暖的，风吹得漫漫的，人在阳台上小憩，随便从书架上抽出一本书，摊膝上，风吹哪页读哪页。如果书也是一朵花，我这样想象着，如果是的话，那么，风吹来，随便吹开的一页，那一页，便是盛开的一瓣花。

人、书、风，就这样安静在阳光下、安静在岁月里，妥帖，脉脉温情。

草地上的月亮

　　我坐在这些大大小小的月亮中间，跟虫子比赛吟唱，心境澄清，我也像一枚快乐的月亮了。

　　夏天正热烈的时候，我去寻找荷花，意外撞见一块美丽的草地。草地傍河，旁有小土丘做假山。假山上丝竹环绕，绿草如茵，花开数朵，虫鸣其间，自得其乐。

　　我便常常在那里流连。有月的夜晚，在家里坐不住，我关上门，和那人一起，走上二三里的路，奔了那里去。盘腿坐在草地上，听风吹，听虫叫，听花开，听草与草的喁喁私语。夜的声音，丰富得令人惊奇。

　　月亮掉在河里。河水清幽幽的，河里的月亮，便显得格外俏皮。像喜欢探险的孩子，偏要往了那幽深的地方去，一步一探，一步一惊叫。这是月亮的乐。月亮为什么不乐呢？

　　一艘驳壳船停泊在不远处的水上。月色把它的坚硬，泡成柔软。它看上去，很像一蓬青绿的小岛，浮在水面上。我认识那船，外地人的，男人女人，还带着两个五六岁大的孩子。是两个男孩，看上去像双胞胎，一样黝黑的皮肤，一样圆溜溜的眼睛，壮壮实实的。他们在岸上捉蚱蜢、追蜻蜓，玩得不亦乐乎。有大船运来货物的时候，男人女人就忙开了，他们的驳壳船，承载着卸载货物的重任。那是晴白的天。

一些时候，河岸静着，男人女人闲着。船上的桅杆上，扯出一根绳索来，女人在晾衣裳。家常的衣裳，一件一件，大大小小，红红蓝蓝，有岁月静好的意思。男人呢？男人竟在船头钓起了鱼，天热，他打着赤膊，相当的悠闲自得。有天黄昏，我走过那里，竟意外发现他在船头拉二胡。女人进进出出，并不专心听。两个孩子在打闹着玩，也不专心听。男人不在意，他拉了自己听，拉得专注极了，呜呜哑哑，呜呜哑哑。那是他的乐。

我想起另一些场景。那个时候还小，邻家有老伯，相貌奇怪，嘴角歪着，脸上遍布疤痕。手脚亦是不灵便的，走路抑或递物，都抖抖索索着。听大人们说，他年轻时，遇一场大火，家人悉数被烧死，他死里逃生。村人同情他，给他重新搭了两间茅屋住，分配了两头牛，让他养着。日日见他，都是与牛同进同出的。

却喜欢歌唱。有人无人时，他高起兴来，都会扯开嗓子吼几句。唱的什么歌无人说得清，反正就那样唱着，头微微仰向天空，嘴巴大张着，一声接一声，乐着他自己的乐。每逢他唱歌，村里人都会笑着说，听，谢老大又在学牛哞哞叫了。谢老大是村人对他的称呼。可能他是谢家最大的孩子。——这是我的猜测了。我一直不知道他的名字。

他并不介意村人的取笑，照旧唱他的，头微微仰向天空，嘴巴半张着。他身旁的牛，温顺地低着头，吃着草。

也见他在夕阳下喝酒。做下酒菜的，有时是一碟萝卜，有时是一碟咸菜。他眯着眼睛，轻呷一口，并不急着把酒咽下去，而是含在嘴里，久久咂摸着，脸上浮现出满足的笑容。我远远站着看，以为那酒，定是世上最好的美味。某天趁他不注意，偷喝，辣出两眶泪。经年之后，我始才明白，他品尝的，原是心境。

月亮升得越来越高，升到草地的上空。夜露悄悄落，落在草叶上。这个时候的月亮，变得更调皮了，它钻进草叶上的每滴露珠里。于是，每滴露珠里，都晃着一个快乐的月亮。我坐在这些大大小小的月亮中间，跟虫子比赛吟唱，心境澄清，我也像一枚快乐的月亮了。

快乐，原是上帝赋予每个生命的。公平，无一遗漏，如阳光普照。无论贵贱，无论贫富。

瓦壶天水菊花茶

日子的好，缓缓渗进周遭的每一方空气中，渗进他们身下的每一寸泥土里。

小镇看上去很普通，跟任何一座苏北小镇相差无几，却有个让人过耳不忘的名字：白驹。初听到，愣一愣，很自然地联想到《诗经》里的"皎皎白驹"之句。想象中，一片原野铺陈，有菜有豆，白色的骏马奔驰而过，洁白的鬃毛迎风猎猎，如银似雪，在绿的原野上，惊心夺目着。询问当地人，当地人"吃吃"笑起来，说，老祖宗就是这么叫的，从古至今就是这么叫的。

这里曾是汪洋一片，至隋唐时才形成陆地。范仲淹率民众修筑捍海堰，曾在这里作短期逗留，他应士民请求，为这里的关帝庙题写了碑记。在碑记中，这位心系天下百姓苍生的大学士写道："愿后之居高位者，尚其体侯之心以为心。"这时的白

114

驹，以产盐闻名遐迩，商贾往来频繁。

小老百姓的日子，却是清贫简朴的。郑板桥来此访友，友人生活简陋，篱笆错落，茅舍低矮，拿糙米饭招待他。饭后，友人取檐下瓦瓮里的天水，烧沸，从篱笆墙边，随手摘两朵菊花丢进去，于是，就有了满满一瓦壶的菊花茶。两人坐定屋前，一边赏花，一边品茶。此等情趣，深得郑板桥喜欢和留恋。他临别之时，赠友人对联一副答谢："白菜青盐糙米饭，瓦壶天水菊花茶。"个中情谊，唇齿留香。

郑板桥这个人实在是极有意思的。历来会画会诗文之人，多多少少有些清高，有些远离人间烟火，郑板桥却在烟火里打着滚。他去乡下，一顶草帽在头，到地里去摘豆摘菜，完完全全一农村小老头的样。他因此留下了许多烟火字，有时虽是一两句，却让人玩味不已，满满的，都是欢喜的俗世味。如，"一庭春雨瓢儿菜，满架秋风扁豆花"；如，"扫来竹叶烹茶叶，劈碎松根煮菜根"；如，"老屋挂藤连豆架，破瓢舀水带鲦鱼"。田园艰辛，却透出无限诗意，豁达从容，安贫乐道。他的一句"瓦壶天水菊花茶"，让小镇白驹，永远活在了家常的闲适里。

还有施耐庵。他曾隐居白驹，在这里挥毫写下了传世之作《水浒传》。白驹人都知道他，你在街上不识路，问施耐庵纪念馆怎么走，就有一个两个三个当地人走上前来，热心为你指点。他们是摆摊卖水果的。是街边炸油条的。是走路路过的。

小镇巷道连着巷道，曲里拐弯，凌乱着，却有着家常的亲切。随处可见一些上了年纪的老房子，木门腐朽，墙壁剥落，屋顶上的瓦楞间，长满杂草。有的废弃了，有的还住着人。在某条巷子里，我遇到一栋故事一样的老房子，有深深的庭院，有高高的木格窗，里面塞满物什，一把老蒲扇靠窗侧放。想来那是旧物收藏，用是没多大用处了，可不舍得扔掉。那上面或许留有老祖母的气息。

烧饼炉子当街而立。午后清闲，炉火在打着盹，炉子上散落着一些卖剩下的烧饼。我正看着呢，对街走来一男人，白围裙围着，他说，是凉的。你要吃吗？要吃我给你热热。我笑着摇摇头，并没有走的意思。他便拉过一张凳子来，示意我坐下。他自去屋内端一壶茶出来，坐到另一张凳子上。我冲他笑笑，他还我一个笑，无话。他手上的茶壶，一定用过很多年了，茶垢很厚。他呷一口，望着街沉默，我跟着他一起望街。我的眼前，晃过当年场景，矮桌上，一壶菊花茶，热气袅袅。郑板桥和他的友人，也是如此沉默地喝着茶吧。一旁的阳光，迈着碎碎的步子，爬过篱笆墙去。日子的好，缓缓渗进周遭的每一方空气中，渗进他们身下的每一寸泥土里。

第四辑
小扇轻摇的时光

恍惚间，月下有个小女孩，
手执蒲扇，追着流萤。依
稀的，都是儿时的光景。

从春天出发

 只有在春天种下梦想，才能在夏秋收获。那么，让我们学会播种吧，在春天，跟着一粒种子一起成长。

 风，暖起来了。云，轻起来了。雨也变得轻盈，像温柔的小手指，抚到哪里，哪里就绿了。草色遥看近却无的。奇妙就在这里，你追着一片绿去，那些毛茸茸的绿，多像雏鸡身上的毛啊。可是，等你到了近前，突然发现，它不见了。你一抬眼，却又看见它在远处绿着，一堆儿一堆儿的，冲着你挤眉弄眼。春天的绿，原是个调皮的小伙伴，在跟你捉迷藏呢。而你知道，春天，真的来了。

 那么，我们出发吧，从春天出发。

 先去问候一下河边的柳，"碧玉妆成一树高，万条垂下绿丝绦。"真的是这样啊，你需微仰了头，看它们在春风里蹁跹。毫无疑问，柳是春天最美的使者，它一抬胳膊，燕子飞来了。

它一扭腰肢，光秃秃的枝条上，就爬满翠色的希望。采下一枝柳吧，装进我们的行囊，在春天，我们学会收藏希望。

去问候一些花儿。桃花、梨花、菜花，次第开放。它们偷了春天的颜料，把自己打扮得鲜艳明丽。粉红，莹白，鹅黄，晃花人们的眼。河边的小野花们，也不让春天，它们在春风里，争相撑开了笑脸，星星点点。它们没有桃花的艳，没有梨花的白，没有菜花的恢宏，可是，它们也一样开出生命的美丽。万紫千红总是春呢，它们一样是春的主人。摘下一朵小野花吧，装进我们的行囊，在春天，我们学会收藏美丽。

去问候一些小生灵。蜜蜂、蝴蝶、蟋蟀、蚂蚱……一个冬天过去了，它们过得好吗？侧耳倾听，我们会听到它们拨动泥土的声音，它们就要出来了，带着它们的歌声。那好，就让我们静静坐一会儿吧，坐在小河边。坐在山坡旁。或者，就坐在一棵树下，等待着那些歌声响起，那些来自大自然的声音，多么美妙、纯洁。那是天籁之音。用心记下那些旋律吧，放进我们的行囊，在春天，我们学会收藏歌声。

去问候飘荡的春风。"惟春风最相惜，殷勤更向手中吹"。其实，它何止是吹在手中？它是吹在心里面。于是，草绿了，花开了。人的脸上，荡起微笑。严冬终于过去了，沉睡的生命，在春风里苏醒，欣欣向荣。请与春风相握吧，在春天，让我们学会感恩与珍惜。

去问候一些种子。葵花、玉米、棉花……那些香香的种子，它们的身体里，积蓄着阳光和梦想。泥土的怀抱，已变得湿润酥软。它们迫不及待地扑进泥土里，那里，很快会生长出一片葳蕤。而到了夏秋，会有果实累累的喜悦。

只有在春天种下梦想，才能在夏秋收获。那么，让我们学会播种吧，在春天，跟着一粒种子一起成长。

梨花风起正清明

亲人之间，定有种神秘通道相连着，只是我们惘然无知。

祖母走后，祖父对家门口的两棵梨树，特别地上心起来。有事没事，他爱绕着它们转，给它们松土、剪枝、施肥、捉虫子，对着它们喃喃说话。

这两棵梨树，一棵结苹果梨，又甜又脆，水分极多。一棵结木梨，口感稍逊一些，得等长熟了才能吃。我们总是等不得熟，就偷偷摘下来吃，吃得满嘴都是渣渣，不喜，全扔了。被祖母用笤帚追着打。败家子啊，糟蹋啊，响雷要打头的啊！祖母跺着小脚骂。

我打小就熟悉这两棵梨树。它们生长在那里，从来不曾挪过窝。那年，我家老房子要推掉重建，父亲想挖掉它们，祖母没让，说要给我们留口吃的。结果，两棵梨树还是两棵梨树，只是越长越高、越长越粗了。中学毕业时，我约同学去我家玩，是这么叮嘱他们的，我家就是门口长着两棵梨树的那一家啊。两棵梨树俨然成了我家的象征。

我家穷，但两棵梨树，很为我们赚回一些自尊。不消说果实成熟时，逗引得村里孩子，没日没夜地围着它们转。单单是清明脚下，它们一头一身的洁白，如瑶池仙子落凡尘，就足够吸人眼球。我们玩耍，掐菜花，掐桃花，掐蚕豆花，掐荠菜花，却从来不掐梨花。梨花白得太圣洁了，真正是"雪作肌肤玉作容"的，连小孩也懂得敬畏。只是语气里，却有着霸道，我家还有梨花的。——我家的！多骄傲。

祖母会坐在一树的梨花下，叠纸钱。那是要烧给婆老太的。她一边叠纸钱，一边仰头看向梨树，嘴里念叨，今年又开这许多的花，该结不少梨了，你婆老太可有得吃了。婆老太是在我五岁那年过世的。过世前，她要吃梨，父亲跑遍了整条老街，也没找到梨。后来，我家屋前就多出两棵梨树来，是祖母用一只银镯换回栽下的。每年，梨子成熟时，祖母都挑树上最好的梨，给婆老太供上。我们再馋，也不去动婆老太的梨。

我有个头疼脑热的，祖母会拿三根筷子放水碗里站，嘴里念念有词。等筷子在水碗里终于站起来，祖母会很开心地说，没事了，是你婆老太疼你，摸了你一下。然后，就给婆老太叠些纸钱烧去。说来也怪，隔日，我准又活蹦乱跳了。

那时，对另一个世界，我是深信不疑的。觉得婆老太就在那个世界活着，缝补浆洗，一如生前。有空了，她会跑来看看我，摸摸我的头。这么想着，并不害怕。特别是梨花风起，清明上坟，更是当作欢喜事来做的。坟在菜花地里，被一波一波的菜花托着。天空明朗，风送花香。我们兄妹几个，应付式地在坟前磕两个头，就跑开去了，嬉戏打闹着，扎了风筝，在田埂道上放。那风筝，也不过是块破塑料纸罢了，被纳鞋绳牵着，飘飘摇摇上了天。我们仰头望去，那破塑料纸，竟也美得如大鸟。

祖母走后，换成祖父坐在一树的梨花下叠纸钱。祖父手脚不利索了，他慢慢叠着，一边仰头望向梨树，说，今年又开这许多的花，该结不少梨了，你奶奶肯定会欢喜的。语气酷似祖母生前。

我怔一怔，坐他身边，轻轻拍拍他的手背。我清楚地知道，有种消失，我无能为力。祖父突然又说，你奶奶托梦给我，她在那边打纸牌，输了，缺钱呢。我听得惊异，因为夜里我也做了同样的梦，梦见祖母笑嘻嘻地说，我每天都打纸牌玩呀。我信，亲人之间，定有种神秘通道相连着，只是我们惘然无知。

祖母走后三年，祖父也跟着去了。他们在梨花风起时，合葬到一起。他们躺在故土的怀抱中，再不分离。

春风暖

春风暖。一切的生命，都被春风抚得微醺。

春风是什么时候吹起来的？说不清。某天早晨，出门，迎面风来，少了冰凉，多了暖意。那风，似温柔的手掌，带了体温，抚在脸上，软软的。抚得人的心，很痒，恨不得生出藤蔓来，向着远方，蔓延开去，长叶，开花。

春风来了。

春风暖。一切的生命，都被春风抚得微醺。人家院墙上，安睡了一冬的枝枝条条，开始醒过来，身上爬满米粒般的绿。是蔷薇。那些绿，见风长，春风再一吹，全都饱满起来。用不了多久，就是满墙的绿意婆娑。

路边树上的鸟，多。唧啾出一派的明媚。自从严禁打鸟，城里来了不少鸟，麻雀自不必说，成群结队的。我还看见一只野鹦鹉，站在绿茸茸的枝头，朝着春风，昂着它小小的脑袋，一会儿变换一种腔调，唱歌。自鸣得意得不行。

卖花的出来了，拖着一拖车的"春天"。红的，白的，紫的，晃花人的眼。是瓜叶菊。是杜鹃。是三叶草。路人围过去，挑挑拣拣。很快，一人手里一盆"春天"，欢欢喜喜。

也见一个男人，弯了腰，认认真真地在挑花。挑了一盆红的，再挑一盆紫的，放到他的车篓里。刚性里，多了许多温柔，惹人喜欢。想他，该是个重情重义的人吧，对家人好，对朋友好，对这个世界好。

桥头，那些挑夫——我曾在寒风中看到他们，瑟缩着身子，脸上挂着愁苦，等着顾客前来。他们身旁放一副担子，还有铁锹等工具，专门帮人家挑黄沙、挑水泥，或者，清理垃圾。这会儿，他们都敞着怀，歇在桥头，一任春风往怀里钻，脸上笑眯眯的。他们身后，一排柳，翠绿。

看到柳，我想起那句著名的诗句："不知细叶谁裁出，二月春风似剪刀。"把春风比喻成剪刀，极形象。但我却以为，太犀利了，明晃晃的一把剪刀，"咔嚓"一下，什么就断了。与春风的温柔与体贴，离得太远。

还是喜欢那句，"春风又绿江南岸"。这里面，用了一个"绿"字，仿佛带了颜色的手掌，抚到哪里，哪里就绿了。《诗经》中有《采绿》篇章："终朝采绿，不盈一匊。"说的是盼夫不归的女子，在春风里，心不在焉地采着一种叫绿的植物，采了半天，还握不到一把。我感兴趣的是，那种植物，它居然叫绿。春风一吹，花就开了，花色深绿。这种植物的汁液，可作染料。我想，若是春风也作染料，它的主打色，应该是绿吧。

而在乡下，春风更像一个聪慧的丹青高手，泼墨挥毫，大气磅礴。一笔下去，麦子绿了。再一笔下去，菜花黄了。成波成浪。

我的父亲母亲呢？春风里，他们脱下笨笨的棉袄，换上轻便的衣裳。他们走过一片麦田，走过一片菜花地，衣袖上，沾着麦子的绿、菜花的黄。他们不看菜花，他们不认为菜花有什么看头，因为，他们日日与它相见，早已融入彼此的生命里，浑然大化。他们额上沁出细密的汗珠，他们说，天气暖起来了，该丢棉花种子了。春播秋收，是他们一生中，为之奋斗不懈的事。

一去二三里

　　时光在村庄这边拐了个弯，停下来了。你的思绪也跟着停下来，不再想日子里那些愁人的事。

　　春天去乡下最适宜。不管哪里的乡下，江南的自然好，江北的也不错。哪里的春天，都是鲜嫩的、簇新的。

　　绿最出众，那是春天的底色，浅绿、翠绿、葱绿、深绿……且待春风再吹一吹，那些草们，就漫天漫地舒展开来，绿手臂摇着，绿身子摆着，摇摆得人心里痒。这边刚提议，"踏青去？"那边立即呼应，"好啊。"

　　踏青之说，其实由来已久。《论语》中就有记载："暮春者，春服既成，冠者五六人，童子六七人，浴乎沂，风乎舞雩，咏而归。"古人对自然的热爱，要比今人隆重得多。出门去看个春天，定要穿了新衣裳，梳洗打扮一番的。浩荡着一支队伍，去河里掬一捧春天的水，净净身子（据说可除病祛邪）。在草绿花

128

开的原野上，迎风而舞，直至夜幕降临，才歌着咏着，尽兴而归。

这样的赏春，到底喧哗了些。我以为，有三两知己相伴着，足矣。若是一个人独往，则更好了。可以在春的舞台前，从容地、安静地，做一个纯粹的观众。

那么，放下手头的杂务，去吧，随便沿着一个方向，出城去。"一去二三里"？对。这段距离，多么恰当。不远，亦不近，春色正好。你想起后面的续句来："烟村四五家，亭台六七座，八九十枝花"。很写意，素描样的。而事实上，你见到的村庄，远比古人诗里描写的油彩重得多。

现在，你就站在离城二三里的地方。烟村远不止四五家。一排又一排农舍，在各种颜色的簇拥下，高低错落。那是麦子的绿、菜花的黄、桃花的红、梨花的白。你真想走进任何一家去，讨一口水喝，那水里，应该也满是春天的味道吧？

"亭台六七座"？——亭台是没有的，桥倒是不少。有桥必有河，有河必有柳。随便站一座桥上吹吹风，看看杨柳吧。春天的杨柳，是羞答答的新娘，它们轻移莲步，慢扭腰肢。细小的绿苞儿，米粒样地黏在枝条上，蓄了一冬的心思，开始一点一点地往外吐。怎一个风情了得！

"八九十枝花"？呵呵，哪里数得过来。满田的油菜花，千千万万朵啊，烈火焚烧般地蔓延开去。想这菜花，真像烈性女子，爱恨情仇立场分明。这个春天的天空下，它的回响，不绝于耳。只听得它在说，"我胸腔里只有这一腔血，只管拿去洒了吧！"你忽然有种冲动，想跳进这菜花地里打个滚。路边提一篮子羊草的妇人，看着你，笑问："看菜花呢？"你抑制住了要在菜花地里打滚的冲动，笑答："嗯，看菜花呢。"

转过一个路口，又见一排青瓦房比肩而立。在黄灿灿的油菜花映衬下，那些略显粗笨的青瓦，居然秀气起来，眉目生动。这边看了半晌，恋恋不舍地才收住，那边屋后突然探出一株桃来，花开得正好，浅浅淡淡的粉红，一抹一抹的，像轻染上去的云烟。

一位老农从屋内走出。他在油菜花盛开的田埂边停下，蹲下来。你也走过去，蹲下来。老农指间夹一支烟，慢悠悠地吸着，不错眼望着一片麦苗和油菜花。他想的是，不久的将来，那金灿灿的麦粒和黄澄澄的菜籽。你想的是，这翠绿，这鹅黄，这色彩何等的奢侈铺张。

一条狗，不知打哪儿钻出来，绕着老农的腿摇尾巴，欢快得不得了。时光在村庄这边拐了个弯，停下来。你的思绪也跟着停下来，不再想日子里那些愁人的事。名如何，利如何，都是负累。你到底明了，纯粹的追求，不是没有的，关键是，能不能放下。

人间第一枝

一个世界坐不住了，该发芽的，发芽了。该开花的，开花了。

因病，在家蛰居多日，直到满眼春色，扑到窗前，收不住脚了，一脚跌进我的小屋来，我才惊觉，春来了。

是春了。虽是连续的雾霾天，却挡不住生命的涌动。——吹进屋内的风，变得轻软暖和。洒在窗台上的阳光，有了翠意。鸟的叫声，明显地多了起来。仔细听，那里面，有燕，还有莺。你也仿佛听到河床破裂的声音。万物萌动的声音。哗哗。噗噗。一个世界坐不住了，该发芽的，发芽了。该开花的，开花了。

那人下班回来，折一枝柳带回。"你看，柳都绿了。"他报喜似的，把它举我跟前。

感谢他，赠我一枝春。俗世里，我们也只是这样一对平凡的夫与妇，一日三餐，家常稳妥。没有海誓山盟，也不见富贵荣华，却能一同分享着春的秘密。

是的，这是春的秘密。早在二月细雨料峭时，春其实已经来了。它笑的影子，轻轻一闪，闪进一丛柳里面。不几日，那光秃秃的柳枝上，率先爬上嫩黄的芽儿，柔嫩细小得你完全可以忽略了。遥看似烟，近看却无。——这才是春的本事。它把自己藏得严实，原是想给这个世界一个惊喜，也只待一夜春风起，便绿它个大江南北。

人间第一枝，当数柳。

我找一洁净的瓶子，把这枝柳插进去，我的书房里，便都摇荡着春的好意了。闭着眼，我也能感觉到，那河边的嫩黄与新绿，该如何堆积成烟。

烟？这真是个好字。是谁最先想出用"烟"来形容春柳的呢？我觉得，再没有一个字，比"烟"更能配春柳的了。这个时候的柳，也轻，也软，不胜风，真的就如丝丝淡烟，袅娜多姿。杜甫有诗云："秦城楼阁烟花里，汉主山河锦绣中。"柳烟缭绕，城楼掩映其中，这春色不用看，单单想想，也诱人得很了。而郑思肖有诗句："遥认孤帆何处去，柳塘烟重不分明。"我觉得更富情趣。这里的柳烟，堆砌出繁茂之势，却不显笨重，有的只是浓酽，不饮也醉。是让站着看的人眼睛先醉了，如何分得清扬帆远去的船只啊，它分明已和眼前的春色融为一体了。

古人好折柳相赠，多为离别。像鱼玄机的："朝朝送别泣花钿，折尽春风杨柳烟。"不知此一别何日相见，只愿君心似柳心，年年青青。这里的春柳，绊惹上人间情思，离别已成定局，无法挽留，然可以把我最好的祝福，别在你的襟上，一枝柳，就是我送你的一个春天。请把春天带上吧，从此，一路的草，都将为你而绿。一路的花，都将为你而开。

佛教里普度众生的观音，一手持净瓶，一手拿柳枝，洒向人间都是爱。我觉得菩萨手里的这柳枝有意思，换成别的任何一种植物，都不恰当。唯这人间第一枝的春柳才与净瓶相配，那是初生的春，新嫩，洁净，纯粹，充满无限希望。

我的乡下，到清明，孩子们有簪菜花和柳的风俗，为的是避邪。孩子们不懂什么避邪不避邪的，他们只晓得，人生的一大乐事里，这也算得上一件。"清明不戴杨柳，死了变黄狗。"这歌谣每个孩子都会唱，他们一边唱着，一边攀柳，编成小帽，戴在头上。他们快乐地迎着风跑，一年的春好处，就在孩子们的头上荡漾着了。

四月

来吧！燃烧吧！让生命彻底地痛快一回。

这个时候，眼睛里看到的，都是好的。怎么看，都是好的。
人间四月天哪。

我从窗户里一探头，就看见屋旁人家院子里的桃花。那里，
梅已开过，桃花开始粉墨登场。只一棵树，算不得繁密，像国
画大师随意挥毫，勾勒出那么几枝，风骨却立时显露出来。一
小朵一小朵粉红的花，撑在上头，凌空远眺，眼波流转，顾盼
生风。

我总要呆呆地望上一阵子，望得心里也开出花来。有好几
次我都瞅见那户人家胖胖的妇人，在花树下拾掇着什么。妇人
是个厉害的角色，常听她大着嗓门，在喝骂自家孩子，雷霆万
钧。有一次，我还碰见她在小区门口跟人吵架，唾沫横飞，委
实泼辣。这会儿，一树的花，映得她整个的人，水粉水粉的。

她变得温柔可亲，落到我的眼里，也像画了。

　　总觉得桃花这样的花，豁达得很，群居来得，独处也来得。成片的桃园，它们你挤我挨，铺天盖地，波澜壮阔，美得让人心慌意乱。然单单的一棵，也不显得冷落。乡村人家常常就长着这么一棵，四月天，它从屋后探出半个身子来，变魔术似的，掏出一朵花，再掏出一朵，无穷无尽，喷红吐粉。周围再多的麦绿花黄，也立即做了陪衬，只那半树的花，勾魂摄魄。

　　茶花开得就有些傻了。阳台上有一盆，从三月一直开到现在，越发开得无心无肺。瞧它盛开的架势，不把一个春天开完，是绝不罢休的。我有些惊讶的是它的凋谢，不是一瓣一瓣凋零，而是整朵整朵掉落。它算得上是花中真名士，即便谢了，也保持盛开的姿势。

　　也终于轮到垂丝海棠上台了，它擎着一树的花苞苞已等候多时。四月的东风一吹，它就满满地怒放了，红粉美艳，遮天蔽日。人在它边上走，有种锣鼓喧天鞭炮齐鸣的感觉。——让人产生这种感觉的，还有菜花。

　　菜花得去乡下看。

　　乡下的四月天，真是奢侈得不行，叫得上名儿叫不上名儿的植物们，都蓄着一股劲儿，开花的拼命开花，吐绿的拼命吐绿，没有哪一样，不是入得景上得画的。且不说桃花，不说梨花，不说杏花和苹果花，单单是野地里的那些蒲公英、一年蓬、婆婆纳和野菊花们，就足以晃花你的眼，你有些忙不过来了，不知道先看哪一样才好。

而成片的油菜花，简直让你的呼吸不能顺畅了。那种气势磅礴，那种淋漓尽致，那种不管不顾，只埋头拼命焚烧般的盛开，真真叫人忧伤得很了。美到极致的事物，往往总令人发愁，不知拿它们怎么办才好。站在菜花地里，你的眼睛被染得金黄。你的脸庞被染得金黄。你的头发被染得金黄。你的手，你的脚，你整个的人，无一不被染得金黄。你也成了菜花一朵。来吧！燃烧吧！让生命彻底地痛快一回。

惹看的，还有柳。有河的地方有。没河的地方也有。我见到一户人家屋前长柳，绿意轻染，让一幢小楼，变得秀气十足起来。古人喜折柳相赠，"柳条折尽花飞尽，借问行人归不归？"唉，为诗中人叹息，桃红柳绿时，最易相思。我想起牡丹花繁盛的洛阳城，多的是柳，街道两边，一棵伴着一棵。这四月天里，它们不定怎样的绿波纷扰、绊惹春风呢。

这个时候的春风，是可以煮着吃的。菜薹是香的。莴苣是香的。春韭是香的。还有蒜薹，烧肉是最好不过的，不吃肉，单拣那蒜薹吃了。烧鱼时若搁上一把蒜薹，鱼会变得格外的香，四月的好滋味，便在舌尖上缠绵。

五月

他只管一路向前冲着，挥动着双臂，咯咯笑着，满满的世界，满满的未知，等着他去一一相见。

五月，是没有多余的话要说的。

就像一个人，已然经过青春的轰烈，渐渐落入过日子的寻常与平稳中，一鼎一镬，温暖敦厚，是不用再急急地去表白的。五月的表情，喜悦平和。

草木走到五月，已走到它们的盛年。这个时候，没有一棵树不是绿的。没有一棵草不是蓬勃招展的。杉树的叶子，青嫩青翠得可以摘上一把，拌了吃。爬山虎携着一枚一枚的绿，贴满了人家满满一面墙。我早上走过时，望上几眼。晚上走过时，再望上几眼，心底有绿波在荡。

鸟的叫声，也是饱含了绿意的，只轻轻一宛转，那绿，仿佛就滴淌下来。我抬头，看到一只鸟，野鹦鹉，或是画眉，正站在一棵浓密的银杏树上发呆。那是午后的好时光，阳光打在银杏树上，片片叶子，都闪闪发光。一个老人从树下过，手上托一把茶壶，施施然。我望着，心动一动，笑了，五月是这样的安妥，风清日朗，让人步履轻盈。

五月的花不多，少有漫天漫地的了，但一个顶一个卓尔不凡。譬如槐花。譬如蔷薇。

你不用眼睛看，用鼻子闻闻，就知道是槐花开了，它把甜蜜的气息，一点不留地泼洒在半空中。你顺着甜味找过去，准不会让你失望，一树的槐花，撑着一肚子洁白的甜蜜。——但你还是要惊喜一番，哎，槐花开了！恨不得像小时一样，爬上树去，捋上一把吃。但到底，你只是站定了，不动，静静地看着那一树莹白的花。岁月过去了很多年，花还是昔日的样子，真好。

蔷薇则开得比较含蓄。它像从前缠了小脚的女子，踩着五月的节拍，不紧不慢地，碎步轻移，一朵一朵往外吐。每一朵，都是精挑细选的，细皮嫩肉的好模样。人家墙头上有那么一丛蔷薇，那墙头就幸福得不得了，尽管油漆斑驳，却清秀古朴得很。

五月还有个节气，叫小满，"物致于此小得盈满"。小富则安。我却在这叫法上低回，小满小满，是小小的满足。日子里，少有大起大落的，要的就是这小小的满足，来安抚走倦了的心。

这个时候的乡下，现出丰腴富足的好景象，"麦穗初齐稚子娇，桑叶正肥蚕食饱。"还有桃结果了。还有梨结果了。新蚕豆也上市了。

母亲说，回家一趟吧，家里的蚕豆可以吃了。我这才发现，街上到处有卖新鲜蚕豆的，碧绿饱满的荚里，躺着翠玉一般的蚕豆。雪菜烧是好的。蒜苗烧是好的。油焖是好的。哪怕就清水煮着，稍稍搁点盐，也是一股子的清香，又粉又嫩。想想世上有这般美食，总是让人舍不得的。

五月，气温变得四平八稳，不再上蹿下跳，我们开始穿单衣了。棉袄晒晒收起来。围巾晒晒收起来。厚被子也换了，冬日的沉重，彻底远离。隔壁邻居家的小孩最高兴，他刚学会走路，整天被包裹得里三层外三层的，走路像企鹅。现在，他自由了，一件汗衫套着，藕段般粉白的四肢乱动，就差有一对翅膀飞上天了。他急急地走，急急地，后面跟着他的祖母，一迭声叫，慢点，慢点。小孩哪里听，他只管一路向前冲着，挥动着双臂，咯咯笑着，满满的世界，满满的未知，等着他去一一相见。

采一把艾蒿回家

故乡隔得再远，有些味道，注定是忘不掉的。

出城，去采艾蒿，带了儿子。城郊有一片小河，水已见底，里面长满艾蒿。

"彼采艾兮，如三岁兮。"这是《诗经》里的艾蒿，是情深意长的牵念。其中的男人女人短别离，不过一日不见，竟如同隔了三年。爱，从来都是魂牵梦萦的一桩事。而我更感兴趣的是，那双采艾的手，如何落在艾蒿上。他（她）采了做什么的？遥远的风俗，让我忍不住要作种种臆想。

街上也有艾蒿卖，和芦苇叶一道。用稻草胡乱扎着，一束束，插在塑料桶里。这种植物，叶与茎的颜色雷同，淡绿中，泛白，泛灰。这样的色彩，不耀眼，很低调。是乡村女儿，淡淡妆，浅浅笑。闻起来微苦，一股中药味。村人们又把它叫作——苦艾。也只在远远的乡村，也只在荒僻的沟渠里生长。

140

平时大抵少有人想到它，只在这个叫端午的日子里，它突然被记起。大人们会吩咐孩子，去，采几把苦艾回来。

那个时候，乡村的乐事里，采艾蒿，也算得上一乐吧。孩子们得了大人指令，如撒欢的小马驹，一路奔向那沟渠去。吵吵嚷嚷着，节日的喧闹，被我们吵嚷得四处流溢。很快，每人怀里，都有一大捧艾蒿。路上走着，一个个小人儿，身上都散发出一股中药的香味。

门前的木盆里，煮好的芦苇叶，早已泡在清水中。眼睛瞟到，心里的欢乐，就要蹦出胸口来，知道要包粽子吃了。大人们这时若指使我们去做什么，我们都会脆脆地应一声，好。跑得比兔子还快。至于插艾蒿，那完全不用大人们动手的，门上，柜子上，蚊帐里，到处都被我们插满了。一屋的艾蒿味，微苦。大人们说，避邪。我们虽对这风俗习惯一知半解，但知道，插上艾蒿，就代表过端午了。于是很欢喜。

朋友是湖北人，也是写作的，曾与我在一次笔会上相遇。后来，她去了美国。她的家乡，过端午也有插艾蒿的习俗，她也曾于小小年纪里，去采过艾蒿。端午前夕，我收到她发来的邮件，她说，国内这个时候，又该粽子飘香了吧。并不想粽子，美国一些华人超市里有卖。却想艾蒿，想坐在艾蒿里吃粽子的童年，温和的中药味，把人包裹得很结实很温暖。

这就对了，故乡隔得再远，有些味道，注定是忘不掉的。

我的儿子，他第一次认识了艾蒿，他觉得奇怪，他捧着一捧艾蒿问我，为什么过端午要插艾蒿呢？我这样回答他，这是祖上流传下来的风俗。——避邪呢，我补充。口气酷似当年我的母亲。想，若干年后，我的儿子的记忆里，一定也有艾蒿，以及，带他采艾蒿的那个人。

小扇轻摇的时光

这样小扇轻摇，与母亲相守的时光，一生中还能有几回呢？

暑假了，母亲一直盼望我能回乡下住几天，她知道我打小就喜欢吃一些瓜呀果的，所以每年都少不了要在地里多种一些。待我放暑假的时候，那些瓜呀果的正当时，一个个碧润可爱地在地里躺着，专等我回家吃。

天气热，我赖在空调间里怕出来，故回家的行程被一拖再拖。眼看暑假已过半了，我还没有回家的意思。母亲首先沉不住气了，打来电话说："你再不回来，那些瓜果都要熟得烂掉了。"

再没有赖下去的理由了。于是，带了儿子，冒着大太阳，坐了几个小时的车，回到了生我养我的小村庄。

村里的人都是看着我长大的，看见我了，亲切得如同自家的孩子，远远地就笑着递过话来："梅又回来看妈妈啦？"我笑

143

着应："是呢。"走老远，听他们在背后说："这孩子孝顺，一点不忘本。"心里面霎时涌满羞愧，我其实什么也没做呀，只是偶尔把自己送回来给日夜想念我的母亲看一看，就被村人们夸成孝顺了。

母亲知道我回来了，早早地把瓜摘下来，放在井水里凉着。是我最爱吃的梨瓜和香瓜。又把家里唯一的一台大电扇，搬到我儿子身边，给我儿子吹。

我很贪婪地捧了瓜就啃。母亲在一旁心满意足地看着，说："田里面结得多呢，你多待些日子，保证你天天有瓜吃。"我笑一笑，有些口是心非地说："好。"儿子却在一旁大叫起来："不行不行，外婆，你家太热了。"

母亲就诧异地问："有大电扇吹着还热？"

儿子不屑了，说："大电扇算什么，我家有空调。你看你家，连卫生间都没有呢。"

我立即用严厉的眼神制止了儿子，对母亲笑笑，"妈，别听他的，有电扇吹着不热的。"

母亲没再说什么，走进厨房，去给我们忙好吃的去了。

晚饭后，母亲把那台大电扇搬到我房内，有些内疚地说："让你们热着了，明天你就带孩子回去吧，别让孩子在这里热坏了。"

我笑笑，执意要坐到外面纳凉。母亲先是一愣，继而惊喜不已，忙不迭地搬了躺椅到外面。我仰面躺下，对着天空，手上执一把母亲递过来的蒲扇，慢慢摇。虫鸣在四周此起彼伏地响着，南瓜花儿在夜里静静地开放。月亮升起来了，盈盈而照，温柔若水。恍惚间，月下有个小女孩，手执蒲扇，追着流萤。依稀的，都是儿时的光景。

母亲在一旁开心地有一句没一句地说着，重重复复的，都是走过的旧时光。母亲在那些旧时光里沉醉。

月光潋滟，我的心放松似水中柔柔的一根水草，迷糊着就要睡过去了。母亲的话突然在耳边响起，"冬英你还记得不？就是那个跟男人打赌，一顿吃下二十个包子的冬英。"

当然记得，那个粗眉大眼的女人，干起活来，大男人也及不上她。

"她死了。"母亲语调忧伤地说，"早上还好好的呢，还吃两大碗粥呢。准备到田里除草的，人还没走到田里呢，突然倒下就没气了。"

"人呀。"母亲叹一声。"人呀。"我也叹一声。心里面突然惊醒，这样小扇轻摇，与母亲相守的时光，一生中还能有几回呢？暗地里打算好了，明日，是决计不会回去的了，我要在这儿多住几日，好好握住这小扇轻摇的时光。

听蛙

生命是如此活泼喜悦，叫人如何不爱？

这两天，颇能听到几声蛙鸣，在夜晚。

一开始，我以为听错。蛙声在乡下不足为奇，乡下的夏夜，没有蛙叫，那还叫夏夜么！那简直就像沙漠里没有沙子，北冰洋里没有冰山。

乡下的夏，是因蛙们而丰富丰满的。天边夕照的绯红，才刚刚收去尾梢。虾青色的夜幕，才刚刚拉开一丝缝，蛙们已等不及了。它们彩排了一天了，这个时候，争先恐后地登台，鼓足了劲，亮开嗓门，一曲又一曲的大合唱，便响彻四野。

乡人们习以为常了，任蛙们的歌声再嘹亮，他们愣是一点小小的惊诧也没有。他们在蛙声中晚饭、洗漱、纳凉、睡眠。稻田里的水稻，催开了一团又一团细粉的花，于夜风中播着清香。还有棉花。还有玉米。还有黄豆、南瓜、丝瓜和向日葵。

还有厨房门口那一大蓬紫茉莉。哪一样没有被蛙们的歌声灌醉？开花的拼命开花，结果的拼命结果。露珠在蛙声中轻悄悄滑落。夜鸟偶尔一声轻啼，是做了一个溢满歌声的梦吧？天上密布着的星星，似乎变得更亮了。

夏夜的村庄，是交给蛙们的。

可这是在城里，城里哪来的蛙呢？我侧耳谛听，没错，是蛙叫。和乡下肆无忌惮的叫法不同，来到城里，蛙们到底有些拘谨了，完全是试探式的，呱，呱，一两声。停停，换换气，再来一两声，呱，呱。

刚下过一场雨，空气湿润凉爽。我去散步，拐过路边一个小公园。公园边上，长着说不清有多少棵的木芙蓉，密匝匝地绿着，开着薄绸子一样红艳艳的花。几只蛙就伏在花下面唱歌。

我走过一座桥，也听到了蛙鸣。桥建在供市民休闲的广场上，广场上有人工小河东西横贯，河边植有柳和木槿。河里面浮着睡莲七八朵，水草蔓生。一场雨，使得河水看上去很有些辽阔的样子。蛙们就蹲在睡莲之上，往来在水草之间，载歌载舞。

路边的植被中，蛙在唱歌。那是些冬青树和红叶李，还有些绿莹莹的三叶草。蛙在其中快乐地跳跃。

甚至，在人家的花坛里，也有蛙来造访，在那里引吭高歌。——城里，竟也是蛙声遍地了。这令我惊喜且惊奇，这些蛙是从哪里而来？

我想到了雨。

对，是刚刚下过的这场雨引诱来的。大雨喂饱了树。树说，留些雨水给花朵吧。花朵吃饱了，说，留些雨水给小草吧。小草吃饱了，说，留些雨水浇灌泥土吧。低洼处的雨水，汇聚到一起，亲密无间。一阵风过，竟也像小河一样泛起波浪。

雨一定是蛙的情人。蛙奔着雨来了，跋涉再远的路，也奔来了。树脚下，花朵间，小草的叶片儿上，低洼处的水里，哪里都有雨的影子，蛙一一找到，与它们会合。它激动地唱啊唱，说不完的情话一箩筐。

我很吝啬这几声蛙叫，久久站着，听。路过的人，亦有被蛙声牵住脚步的，他们停下，侧耳，脸上有惊喜浮现。——听，是青蛙在叫呢，一人说。明明是句多余的话，却博得大家一致的点头，微笑。生命是如此活泼喜悦，叫人如何不爱？

秋天的黄昏

再贪恋地望一眼这秋天的夕阳，它一圈一圈小下去、小下去，像一只红透的西红柿，可以摘下来，炒了吃。

城里是没有黄昏的。街道的灯，早早亮起来，生生把黄昏给吞了。

乡下的黄昏，却是辽阔的、博大的。它在旷野上坐着；它在人家的房屋顶上坐着；它在鸟的翅膀上坐着；它在人的肩上坐着；它在树上、花上、草上坐着，直到夜来叩门。而一年四季中，又数秋天的黄昏，最为安详与丰满。

选一处河堤，坐下吧。河堤上，是大片欲黄未黄的草。它们是有眼睛的，它们的眼睛，是麦秸色的，散发出可亲的光。它们淹在一片夕照的金粉里，相依相偎，相互安抚。这是草的暮年，慈祥得如老人一样。你把手伸过去，它们摩挲着你的掌心，一下，一下，轻轻地。像多年前，亲爱的老祖母。你疲惫奔波的心，突然止息。

从河堤往下看，能看到大片的田野。这个时候，庄稼收割了，繁华落尽，田野陷入令人不可思议的沉寂中。你很想知道田野在想什么，得到与失去，热闹与寥落，这巨大的落差，该如何均衡？田野不说话，它安静在它的安静里。岁月枯荣，此消彼长，焉有得？焉有失？不远处，种子们正整装待发，新的一轮蓬勃，将在土地上重新衍生。

还有晚开的棉花呢。星星点点的白，点缀在褐色的棉枝上，这是秋天最后的花朵。捡拾棉花的手，不用那么急了。女人抬头看看天，低头看看花，这会儿，她终于可以做到从容不迫，稻谷都进了仓，农活不那么紧了。她细细捡拾棉花，一朵一朵的白，落入她手里。黄昏下，她的剪影，就像一幅画。

你的眼睛，久久落在那些白上面，你想起童年，想起棉袄、棉鞋和棉被。大朵大朵的白，摊在屋门前的篾席上晒。你在里面打滚儿，你是驾着白云朵的鸟。玩着玩着，会睡着了，睡出一身汗来。——棉花太暖和了啊。

最开心的事是，冬夜的灯下，母亲把积下的棉花搬出来，在灯下捻去里面的籽儿。你也跟在后面捻，知道有新棉鞋新棉袄可穿，心先温暖起来。那时，你的世界就那么大，那时，一个世界的幸福，都可以被棉花填得满满的。

人生因简单因单纯，更容易得到快乐。你有些惆怅，因为，现在的你，离简单离单纯，越来越远了。

150

竟然还见到老黄牛。不多见了啊。人和牛，都老了。他们在河堤上，慢慢走。身上披着黄昏的影子。人的嘴里哼着"呦喝""呦喝"。——歌声单调，却闪闪发光。牛低着头，不知是在倾听，还是在沉思。你想，到底牛是人的伙伴，还是人是牛的伙伴？——相依为命，应该是尘世间最不可或缺的一种情感吧。

鸟叫声在村庄那边，密密稠稠，是归巢前互道晚安呢。村庄在田野尽头，一排排，被黄昏镀上一层绚丽的橙色，像披了锦。炊烟升起来了，你家的，我家的，在空中热烈相拥，久久缠绵。还是村庄好，总是你中有我，我中有你。不设防。

突然听得有母亲的声音在叫："小雨，快回家吃晚饭啦——"你忍不住笑，原来不管哪个年代，都有贪玩的孩子。

周遭的色彩，渐渐变浓变深。身下的土地，渐渐凉了，你也该走了。再贪恋地望一眼这秋天的夕阳，它一圈一圈小下去、小下去，像一只红透的西红柿，可以摘下来，炒了吃。

十月

夜凉如水，总有花这么开着，总有人这么好着。

十月说来也就来了。

不过几日工夫，天空就像一把巨伞给撑开了似的，高远得很了。明净的蓝，蓝绸缎一样的，抖开来，滑溜溜的，一铺千万里。这时的天空，太像海洋了，稠稠的蓝，厚厚的蓝，纯粹的蓝，深不见底。不多的几丝云，像白菊花细长的花瓣，浮在水面上。

人在十月的天空下走，忽然有种手足无措的感觉。像在骤然间，被谁拽进一间豪华的宴厅。宴厅里，多的是衣香鬓影、美酒金樽。灯光闪耀辉煌，丰盛的菜肴，摆满了桌子。水果成堆，柿子、桔、大枣、石榴、香橙，只只都是饱满欢实的。菱角老得很劲道了，采摘下来，用刀切开，里面全是粉嘟嘟的肉。剥了它，用瓦罐煨鸡，是再好不过的一道美味。

这个时候，大把大把的颜色，渐渐让位于金色。好像之前一个春天的草长莺飞，一个夏天的荷红柳绿，全都是为它作铺垫。你眼中所见到的，是夺目的金、奢华的金、古朴的金。人常用金秋来说十月，真是再妥帖不过了。十月，真的就是金做的呢。

尤其是乡下。

驱车去乡下吧，那里的每一枝稻穗，都是金色的。稻穗们你挤我挨，站满一田，再一田，稻浪翻滚，是一地一地的金子在滚哪。老农站在稻田边，脸上是小有成就的自得之色。他望向稻田的眼神，很像望向一群儿女。哪一棵水稻，不是他一手带大的？彼时彼刻，他的心，是舒坦的、愉悦的。稻穗映得他满头满身，都是金色，他是闪闪发光的一个人。

河边的芦苇，也快变成金的了，从茎到叶，再到花。而茅草整个地柔软起来。一堆儿茅草挤在一起，像极小黄狗身上的毛，泛着金色的温暖。如果你躺上去，做上一个梦，当也是金色的吧。

雪白的棉花，上面也好像敷了一层金粉，越发显得白。那是阳光洒下的。那是风洒下的。

十月的风，已开始带了哨音，吹在身上，薄凉。夜晚在路边亭子里闲坐，露水调皮地溜进来，歇在发上、肩上、膝上，裸露的手臂，有了冰凉之感，必须加件厚外套才行。回家查日历得知，快寒露了。寒露过后，就是霜降。秋已走到深深处。

栾树的果却继续红着。我去一家小超市买盐，出门，被门口一树一树的红，差点惊了个趔趄。它简直红得有些吓人，一颗一颗，心一样的，抱成一团，燃烧起来，从树上，一直燃烧到地上。满地落红！却不让人感伤，只觉得美，美到极致！去日无多，它似乎紧着这最后时光，疯狂一把。它当懂得，华丽丽转身，远好过颓败萧索，更让人记挂和念想。

桂花已经爱到不能自已，只管把一颗心也辗碎了，制成蜜饯。香，香透了。拿去吧，你尽管拿去吧。更深露重，天地却因这香，显得情意绵长。怎忍匆匆离去？坐会儿，再坐会儿，在这桂香里低回、浅笑，人生的那些追逐忙乱，都变得无足轻重。

菊花开满头了。

有空就上街去转转吧，不定就能遇到一拖车的菊花。卖花的大多数是老人，瘦，但精神着。花要的不是忽略，而是倾心相爱，人老了，心思变得单纯，与花相伴。

我总会带回一两盆。书房里摆着。夜凉如水，总有花这么开着，总有人这么好着。

第五辑
有美一朵，向晚生香

感谢生命中那些相遇，在
我人生的底色上，抹上一
朵粉红，于向晚的风里，
微微生香。

香菜开花

一生默默，不离不舍，无关繁华与冷落，只认真地活着自己的活。

香菜开花，居然也那么好看。——我是很有些惊奇的了。

照理说，我应该见过香菜开花的。从前的乡下，哪家没有这样的一畦菜蔬？用它凉拌云丝，或是萝卜丝，是顶好吃不过的。煮鱼或烧汤搁一点在里面，那鱼和汤，就香得不得了。乡下人叫它，芫荽。

花在乡野最容易被埋没，那是因为多。乡下几乎没有一种植物不开花。野蔷薇、紫云英和野菊花，一开一大片，把香气撒得到处都是，也无人去赏。农人们兀自在花旁劳作，浑然不觉。香菜开花，就更显得寂寂无名。

然现在不同。现在，它是在我的花池里开了花，让我忽略不得。

院门前的花池里，曾入住过一拨一拨的植物。有我特意栽种的，像月季、美人蕉和海棠。也有主动跑来的，如狗尾巴草、婆婆纳、荠菜和一年蓬。我亦在里面长过扁豆，想有满池秋风扁豆花的。后来，扁豆果然蓬勃得不像话了。

　　只是，这棵香菜是什么时候来此安营扎寨的呢？不知。花池里本来长着一大丛茂密的海棠，都快把池子给撑破了。母亲来我家，看见，觉得浪费了，拔掉，栽上葱。母亲说："葱多好啊，家有葱花，做菜不求人的。"

　　葱却瘦，不情不愿的样子。每每看到它们，总让我觉得愧对它们，给它们浇淘米水，给它们施有机肥，还是不见它们茁壮起来。邻居看见，说："这块地的肥力没了，怕是被原来那丛海棠给吸收了。"我想想，觉得有道理。从此，对它们不再过问。

　　那日，我站小院门口，和邻居闲话，一瞥花池，竟看到了香菜。这太让我意外了。我走近了，弯腰细看，可不就是香菜！一棵，安居乐业在我的花池里，端出一副碧绿粉嫩的好模样。电话问母亲："可有帮我种过香菜？"母亲答："没有啊。"这更让我欢喜了，好吧，我当它是风吹来的礼物。

　　一日一日，它勤勉生长。葱们渐渐退居一隅，花池成了它的天下。

　　忽一日，它就开花了。想来它是早就蓄谋好了的，先是悄悄抽长，个头变高，终于亭亭起来，枝叶纷披。而后，它悄悄积攒着米粒似的小花苞，绿的，与绿叶子混在一起，不细看，还真看不出。一俟时机成熟，它便当仁不让地全部盛开，一头一身，全是细白的小碎花，满天星似的。隔着清风看过去，叶疏花细，很像蓝印花布上栖着的那一朵朵。花中生花，五朵环抱，精巧秀气，每一朵，都当得了古典美。

于是，我有了一池的香菜花可赏。无论远观，无论近看，它都上得了台面，不比人们钟爱的兰花逊色。对着它，我有些感动，我们相识很多年了，我却是第一次见识它的花。从前的从前，它应该就是这么开着花的。以后的以后，它还将会这么开着花。有人赏，或无人赏，对它来说，又有什么关系呢？它只管顺应着自然的法则，一路走下去，让生命按着生命的顺序成长。

想起曾看到的一句话："花的开落，不为旁衬或妆点，花只是花，开落只在开落本身。"这颇像我们的寻常人生，一生默默，不离不舍，无关繁华与冷落，只认真地活着自己的活。

有美一朵，向晚生香

感谢那些相遇，在我生命的底色上，抹上一朵粉红，于向晚的风里，微微生香。

朋友说，她家小院里的桃花开了。她是当作喜讯告诉我的。"来看看？"她相邀。

自然去。每年的春天，我都是要追着桃花看的。春天的主角，离不了它。所谓桃红柳绿，桃花是放在第一位的。

桃花勾人魂。它总是一朵一朵，静悄悄地，慢条斯理地开，内敛，含蓄。虽不曾浓墨重彩地吸人眼球，却偏叫人难忘。是小家碧玉，真正的优雅与风情，在骨子里。

看桃花，总不由自主地想起一首写桃花的诗："去年今日此门中，人面桃花相映红。人面不知何处去，桃花依旧笑春风。"诗人崔护，在春风里，丢了魂。邂逅的背景，真是旖旎：草长莺飞，桃花烂漫，山间小屋，独门独户。桃花只一树吧？够了。一树的桃花，嫩红水粉，映衬着小屋。天地纯洁。诗人偶路过，先是被一树桃花牵住了脚步，而后被桃花下的人，牵住了心。

姑娘正当年呢。山野人家，素面朝天，却自有水粉的容颜、水粉的心。她从花树下走过，一步一款款。他看得眼睛发直，疑是仙子下凡来。四目相对的刹那，心中突然波澜汹涌，是郎情妾意了。三月的桃花开在眼里，三月的人，刻在心上。从此，再难相忘。翌年之后，他回头来寻，却不见当日那人，只有一树桃花，在春风里，兀自喜笑颜开。

这才真叫人惆怅。现实最让人无法消受的，莫过于如此的物是人非。

年轻时，总有几场这样的相遇吧。那年，离大学校园十来里路的地方，有桃园。春天一到，仿若云霞落下来。一宿舍的女生相约着去看桃花，车未停稳，人已扑向花海，倚着一树一树的桃花，笑得千娇百媚。猛抬头，却看到一人，远远站着，盯着我看。年轻的额头上，落满花瓣的影子。我的血管突然发紧，心跳如鼓，假装追另一树桃花看，笑着跳开去。转角处，却又相遇。他到底拦住了我问："你是哪个学校哪个班的？"我低眉笑回："不知道。"三月的桃花迷了眼。

以为会有后续的。回学校后，天天黄昏，跑去校门口的收发室，盼着有那人的信来，思绪千转万回。等到桃花落尽，那人也没有来。来年再去看桃花，陡然生出难过的感觉。

还是那样的年纪，去亲戚家度假。傍晚时分，在一条河边徜徉。河边多树、多草、多野花，夕照的金粉，洒了一地。隔河，也有一青年，在那里徜徉。手上有时握一本书，有时持一钓竿，却没看见他垂钓。

　　一日，隔了岸，他冲我招手，"嗨。"我也冲他招手，"嗨。"仅仅这样。

　　后来，我回了老家。再去亲戚家，河还在，多树，多草，多野花，夕照的金粉，洒了一地。却不见了那个青年。

　　还是感谢那些相遇，在我生命的底色上，抹上一朵粉红，于向晚的风里，微微生香。青春回头，不觉空。

　　真想，在桃花底下，再邂逅一个人，再恋爱一回。朋友说："你这样想，说明你已经老了。"

　　"是吗？"笑。岁月原是经不起想的，想着想着，也真的老了。年轻时的事，变成花间一壶酒，温一温唇，湿一湿心，这人生，也就过来了。

草木有本心

我以为，所有的草木，都长着一颗玲珑心，天真无邪，纯洁善良。

喜欢一切的花草树木。

我以为，所有的草木，都长着一颗玲珑心，天真无邪，纯洁善良。

没有草木是丑陋的。如同青春少女，不用梳妆打扮，一颦一笑，散发出的都是年轻的气息，清新迷人，无可匹敌。

草木从不化妆。所以花红草绿，都是本色。我们常说亲近自然，其实就是亲近草木。我们噼里啪啦跑过去，看见一棵几百年的老树要惊叫，看见满田的油菜花要惊叫，看见芳草茵茵要惊叫。草木却不惊不乍，活着它们本来的样子。

草木也从不背叛远离。你走，草木不走。你遗忘的，草木都给你记着呢。废弃的断壁残垣上，草在长。游子归家，昔日

163

的村庄已成陌生，他找不到曾经的家了。一转身，却望见从前的那棵老槐树，还长在河畔。还是满树的青绿，树丫上，依旧蹲着一只大大的喜鹊窝。天蓝云白，都是昔日啊。他的泪，在那一刻落下。走远的记忆，都走了回来，他童年的笑声，仿佛还在树下回荡，叮叮当当，叮叮当当。感谢草木！让人的灵魂找到归宿。

每一棵草都会说话。它说给大地听。说给昆虫听。说给露珠听。说给小鸟听。说给阳光听。喁喁。喁喁。季节的轮转，原是听了草的话。草绿，春来。草枯，冬至。

每一朵花都在微笑。一瓣一瓣，都是它笑的纹，眉睫飞扬。对着一朵花看久了，你会不自觉微笑起来，心中再多的阴霾，也消失殆尽。这世上，还有什么坎不能迈过去呢？笑也是一天，哭也是一天。不如向一朵花学习，日子笑着过。

新扩建的路旁，秋天移来一排的樟树。可能是为了好运输，所有的树，一律给削去了头。看过去，都光秃秃的一截站着，像断臂的人，叫人心疼。春天，那些树干顶上，却冒出一枚一枚的绿来，团团的，像歇着一群翠绿的小鸟，叽叽喳喳，无限生机。

草木的顽强，人学不来。所以，我敬畏一切草木。

出门旅游，异乡的天空下，意外重逢到一片蓝色的小花。那是一种叫婆婆纳的草，在我的故乡最常见。相隔千万里，它居然也来了。天地有多大，草木就走多远。海的胸怀天空的胸怀，都不及草木的胸怀，它把所有有泥土的地方，都当作故乡。

"草木有本心，何求美人折。"是啊，草木不伪不装，自然天成，大美不言。

花间小令

那是怎样的一种盛放啊，如井喷如泉涌，不管不顾，酣畅淋漓，是把整个心都捧出来的一场燃烧。

油菜花

我们该为一些花鼓掌。

譬如，油菜花。

春天，我把吃剩的半棵油菜，随手丢在水碗里，想不到它竟在水碗里兀自生长起来，碧绿蓬勃，欢欣鼓舞。

我觉得有趣，搬它至窗台，那里，春风几缕，日日眷顾。三五日后，它撑出一撮一撮的花苞苞，精神抖擞着。再一日，我早起，看到的竟是一碗的黄灿灿。——我水碗里的油菜花，已在不知不觉中，悄悄绽放了。

那是怎样的一种盛放啊,如井喷如泉涌,不管不顾,酣畅淋漓,是把整个心都捧出来的一场燃烧。虽远离原野,可它却一点也不沮丧、不气馁,拿水碗当舞台,一招一式都丝毫不马虎,瓣瓣染金,朵朵溢彩。

我在屋里转一圈,就又凑到它的跟前去了。什么时候见它,它都是一副热心肠,捧出所有的金黄,是恨不得为你粉身碎骨的。所有的油菜花,原都是女中豪杰。

我很想向一朵油菜花学习,纯粹而热烈地活上一回,不辜负春风,不辜负自己。

葱 兰

葱兰这名字叫得好,又像葱又像兰。叶是葱绿,花是素白,墙角边蹲着,一排。或在花坛边立着,一圈。不吵不闹,安静恬淡,如乖巧的小女儿。

起初谁会注意到它呢?野草一般的,相貌实在平平。

我去收发室取信,路过图书楼,阴山背后就长了这么一棵棵。日日晴天,它却分享不到一点阳光,但它好像并不在意,照旧欢欢喜喜地生长着,绿莹莹的,如葱如韭。

后来的一天,花开了,小小的白,小白蛾似的,层出不穷地冒出来。在人的心上,扇动起讶异和温柔来,哦,它真是美！屋后的阴影，被它映照得一派明媚。

我摘一朵，带给收发室的大姐。大姐驼背，身体变形得厉害，据说是年少时一场病落下的。换作别人，早就自卑得不行，可她却活泼开朗，喜欢穿鲜艳的衣裳，喜欢摆弄头发，发型常换。每回见她，都是快快乐乐的，让你再灰暗的心，也跟着明快起来。

大姐把我送的花，很爱惜地用水杯养着。隔日再去，我人还未到近前，她就高兴地告诉我，你送的花还在开呀。去看，果真的，一小朵的白，在水杯里，盛放着，丝毫不减它的秀美。

它还有个别称叫韭菜莲，韭菜一样碧绿青翠，莲一样不蔓不枝，清新脱俗。亦是很形象很贴切。

婆婆纳

每次看到婆婆纳，我总忍不住要笑，是会心一笑。像见到一个可爱的人。

不管它只身在哪里，我都能一眼认出它。在云南的玉龙雪山上，在辽宁的冰峪沟里，或是在我的花盆中。花盆里一株杜鹃开得灼灼，它趴在杜鹃根旁，探着小小的脑袋，蓝粉的小脸，笑嘻嘻的。被杜鹃遮着挡着，亦不觉得委屈。

乡下广袤的田野里，沟边渠旁，到处有它。同属野草类，蒲公英和野蒿，长得又高挑又张扬，在风里招摇。它却内敛得很，趴在一丛茅草中，或是一棵桑树下，守着身下一片土，慢悠悠地，吐出一小片一小片的蓝，如锦，美得一点也不含糊。

我总要在它的名字上怔上一怔。婆婆纳，婆婆纳，是细眉细眼的小媳妇，孝顺、贤惠，一入婆家，就被婆婆喜着疼着。没有华衣美服，没有玉食金馔，也没有姣好容貌，却心灵手巧、踏踏实实，把一段简朴的小家日子，过得红红火火，活色生香。

这世上，多的是平凡人生，只要用心去过，一样可以花开如锦。

木　槿

最初读《诗经》，我曾被"有女同车，颜如舜华"之句惊艳。这里的"舜华"，指的是木槿花。如木槿花一样的女子，该是何等美好。

木槿，乡下人不当花，是当篱笆的，院边栽一排，任它在那里缠缠绕绕。它在五月里开始开花，一开就是大半年光景，朝开暮落，白白紫紫，讨喜的小女孩般的，巧笑倩兮，一派天真。现在想想，那时的乡下小院，虽贫瘠着，然有木槿护着，又是多么奢侈华丽。

如今，城里多植木槿，路边，河旁，常能遇见。满目的深绿浅绿中，三五朵紫红，三五朵粉白，分外夺目，让遇见的心，会欢喜起来，哦，木槿呢！

乡下却少有它的踪迹了，喜欢木槿的老一辈人，已一个一个离去。乡下小姑娘来城里，不识路旁的木槿，我耐心地告诉她，这是木槿啊，以前乡下多着的。

这么说着，鼻子突然莫名地有些酸涩。时光变迁，多少的人非物也非，好在还有木槿在，年年盛放如许。

它又名无穷花。我喜欢这个名，生命无穷尽，坚韧美丽，生生不息。

四季海棠

我站在邻居家的院门前，看花。

那里长一蓬我不认识的花，满铺的小圆叶之上，碎碎的花瓣，抱成一团，朵朵红艳，实在好看。

邻居说，这是四季海棠啊。

你要吗？她热情地相问。我尚未答话，她已弯腰，"咔嚓"一下，掰下一枝来。——我都替它疼了。

邻居说，只要插到土里，它就能活。

我依言插到土里。不几日，这一枝四季海棠，竟变成了一大棵，生出无数的枝枝丫丫来。又过些日子，一棵变成了很繁茂的一簇，把整个花池都撑满了。

它开始安安心心地开花。也不急，一次只开一两朵，一瓣一瓣，慢慢开，总要等到五六天后，一朵花才全部开好，每瓣都红透了。看着它，我总觉得它像极会过日子的小主妇，节俭简朴，细水长流。

有时，我一连好些天忘了看它，再去看时，它还是那副气定神闲的样子，不紧不慢地开着它的花，一捧的肥绿，托着两三团艳红。时光在它那里，仿佛泊在老照片里的一缕月色，静谧而悠长。

霜降过几回，都有冰冻了。耐寒的菊们，也萎了精神。它却仍枝叶饱满，花开灼灼。路过的人会惊奇地说一声，瞧这海棠！肃杀清冷的日子，变得不那么难挨了。

蔷薇几度花

我自轻盈我自香，随性自然，不奢望，不强求。人生最好的状态，也当如此吧。

喜欢那丛蔷薇。

与我的住处隔了三四十米远，在人家的院墙上，趴着。我把它当作大自然赠予我们的花，每每在阳台上站定，目光稍一落下，便可以饱览到它：细长的枝，缠缠绕绕，分不清你我地亲密着。

这个时节，花开了。起先只是不起眼的一两朵，躲在绿叶间，素素妆，淡淡笑。还是被眼尖的我们发现了，我和他几乎一齐欢喜地叫起来："瞧，蔷薇开花了。"

之前，我们也天天看它，话题里，免不了总要说到它。——你看，蔷薇冒芽了。——你看，蔷薇的叶，铺了一墙了。我们欣赏着它的点点滴滴，日子便成了蔷薇的日子，很有希望很有

172

盼头地朝前过着。

也顺带着打量从蔷薇花旁走过的人。有些人走得匆忙，有些人走得从容。有些人只是路过，有些人却是天天来去。想起那首经典的诗："你站在桥上看风景／看风景的人在楼上看你。"这世上，到底谁是谁的风景呢？——你是我的，我也是你的，只不自知。

看久了，有一些人，便成了老相识。譬如那个挑糖担的。

是个老人。老人着靛蓝的衣，瘦小，皮肤黑，像从旧画里走出来的人。他的糖担子，也绝对像幅旧画：担子两头各置一匾子；担头上挂副旧铜锣；老人手持一棒槌，边走边敲，当当，当当当。惹得不少路人循了声音去寻，寻见了，脸上立即浮上笑容来，"呀"一声惊呼："原来是卖灶糖的啊。"

可不是么！匾子里躺着的，正是灶糖。奶黄的，像一个大大的月亮。久远了啊，它是贫穷年代的甜。那时候，挑糖担的货郎，走村串户，诱惑着孩子们的幸福和快乐。只要一听到铜锣响，孩子们立即飞奔进家门，拿了早早备下的破烂儿出来，是些破铜烂铁、废纸旧鞋等，换得掌心一小块的灶糖。伸出舌头，小心舔，那掌上的甜，是一丝一缕把心填满的。

现在，每日午后，老人的糖担儿，都会准时从那丛蔷薇花旁经过。不少人围过去买，男的女的，老的少的，有人买的是记忆，有人买的是稀奇。——这正宗的手工灶糖，少见了。

便养成了习惯，午饭后，我必跑到阳台上去站着，一半为的是看蔷薇，一半为的是等老人的铜锣敲响。当当，当当当——好，来了！等待终于落了地。有时，我也会飞奔下楼，循着他的铜锣声追去，买上五块钱的灶糖，回来慢慢吃。

跟他聊天。"老头。"——我这样叫他，他不生气，呵呵笑。"你不要跑那么快，我们追都追不上了。"我跑过那丛蔷薇花，立定在他的糖担前，有些气喘吁吁地说。老人不紧不慢地回我："别处，也有人在等着买呢。"

祖上就是做灶糖的。这样的营生，他从十四岁做起，一做就做了五十多年。天生的残疾，断指，两只手加起来，只有四根半指头。却因灶糖成了亲，他的女人，就是因喜吃他做的灶糖，而嫁给他的。他们有个女儿，女儿不做灶糖，女儿做裁缝，女儿出嫁了。

"这灶糖啊，就快没了。"老人说，语气里倒不见得有多愁苦。

"以前怎么没见过你呢？"

"以前我在别处卖的。"

"哦，那是甜了别处的人了。"我这样一说，老人呵呵笑起来，他敲下两块灶糖给我。奶黄的月亮，缺了口。他又敲着铜锣往前去，当当，当当当。敲得人的心，蔷薇花朵般地，开了。

一日，我带了相机去拍蔷薇花。老人的糖担儿，刚好晃晃悠悠地过来了，我要求道："和这些花儿合个影吧。"老人一愣，笑看我，说："长这么大，除了拍身份照，还真没拍过照片呢。"

他就那么挑着糖担子，站着，他的身后，满墙的花骨朵儿在欢笑。我拍好照，给他看相机屏幕上的他和蔷薇花。他看一眼，笑。复举起手上的棒槌，当当，当当当，这样敲着，慢慢走远了。我和一墙头的蔷薇花，目送着他。我想起南朝柳恽的《咏蔷薇》来："不摇香已乱，无风花自飞。"诗里的蔷薇花，我自轻盈我自香，随性自然，不奢望，不强求。人生最好的状态，也当如此吧。

满架秋风扁豆花

大自然的美，是永恒的。

说不清是从哪天起，我回家，都要从一架扁豆花下过。

扁豆栽在一户人家的院墙边。它们缠缠绕绕地长，你中有我，我中有你。顺了院墙，爬。顺了院墙边的树，爬。顺了树枝，爬。又爬上半空中的电线上去了。电线连着路南和路北的人家，一条人行甬道的上空，就这样被扁豆们，很是诗意地搭了一个绿篷子，上有花朵，一小撮一小撮地开着。

秋渐深，别的花且开且落，扁豆花却且落且开。紫色的小花瓣，像蝶翅。无数的蝶翅，在秋风里舞蹁跹。欢天喜地。

花落，结荚，扁豆成形。五岁的侄儿，说出的话最是生动，他说那是绿月亮。看着，还真像，是一弯一弯镶了紫色边的绿月亮。我走过时，稍稍抬一抬手，就会够着路旁的那些绿月亮。想着若把它切碎了，清炒一下，和着大米饭蒸，清香会

176

浸到每粒大米的骨头里。——这是我小时的记忆。乡村人家不把它当稀奇，煮饭时，想起扁豆来，跑出屋子，在屋前的草垛旁，或是院墙边，随便捋上一把，洗净，搁饭锅里蒸着。饭熟，扁豆也熟了。用大碗装了，放点盐，放点味精，再拌点蒜泥，滴两滴香油，那味道，只一个字，香。打嘴也不丢。

这里的扁豆，却无人采摘，一任它挂着。扁豆的主人大概是把它当风景看的。于扁豆，是福了，它可以不受打扰地自然生长，花开花落。

也终于见到扁豆的主人，一整洁干练的老妇人。下午四点钟左右的光景，太阳跑到楼那边去了，她家小院前，留一片阴。扁豆花却明媚着，天空也明媚着。她坐在院前的扁豆花旁，膝上摊一本书，她用手指点着书，一行一行读，朗朗有声。我看一眼扁豆花，看一眼她，觉得她们是浑然一体的。

此后常见到老妇人，都是那个姿势，在扁豆花旁，认真地在读一页书。视力不好了，她读得极慢。人生至此，终于可以停泊在一架扁豆花旁，与时光握手言欢，从容地过了。暗暗想，真人总是不露相的，这老妇人，说不定也是一高人呢。像郑板桥，曾流落到苏北小镇安丰，居住在大悲庵里，春吃瓢儿菜，秋吃扁豆。人见着，不过一乡间普通农人，谁知他满腹诗才？秋风渐凉，他在他居住的厢房门板上，手书浅刻了一副对联："一帘春雨瓢儿菜，满架秋风扁豆花"。几百年过去了，当年的大悲庵，早已化作尘土。但他那句"满架秋风扁豆花"，却与扁豆同在，一代又一代，不知被多少人在秋风中念起。

大自然的美，是永恒的。

清学者查学礼也写过扁豆花："碧水迢迢漾浅沙，几丛修竹野人家。最怜秋满疏篱外，带雨斜开扁豆花。"有人读出凄凉，有人读出寥落，我却读出欢喜。人生秋至，不关紧的，疏篱外，还有扁豆花，在斜风细雨中，满满地开着。生命不息。

闻　香

花品如同人品，宽容、大度、热情、善良，这些加在桂花身上，都配得。

这几天，天一擦黑，我就出门。

我要闻香去，植物们的香。

闻香，白天自然也可以，但我以为，不够味。白天的喧嚣和芜杂太多，人与植物，都有些心猿意马。到了夜晚却全然不一样了，夜幕一经四合，再多的斑斓和热闹，也都迅速消融、沉淀下去，植物们的气息，浮游上来，纯粹、洁净、甜蜜，心无旁骛。

比方说现在，夜色拌调，再蘸上夜风几缕、虫鸣几声、秋露几滴，外面的香，便越发的浓情蜜意起来。勾人魂。

这是秋天精心烹饪的一道大餐，"弹压西风擅众芳，十分秋色为伊忙"，偌大一个天地，都在喷着香、吐着甜。像刚出炉的蜂蜜糕。

对了，是桂花开了。

一出楼道口，花香就兜头兜脸地扑过来。我明明是有准备着的，还是觉得被它偷袭了，脚步欢喜得一个趔趄，哎，多好多好啊，是桂花哎。

小区里也不过植着三两棵桂花树，就香得无孔不入前赴后继的了。晚上，在小区里散步的人明显多了起来，人影绰绰。他们在花香铺满的小径上，来来回回地走，语声喁喁，搅动得花香，一波一波地流淌。我想，他们定也和我一样，闻着香的，有些贪恋。

总要忆起好几年前，也是这样的秋季，我远在秦岭深处，入住在半山腰的一幢民房里。入夜，一座山像死去般的寂静、空落，让我颇是不安，久久难以入眠。就在我辗转反侧之际，突然有花香破窗而入，甘甜黏稠，缠绵缱绻，那熟悉的气息，让我在一瞬间安了心。他乡遇故知啊，我微笑起来，深呼吸，再深呼吸，渐渐的，在花香里沉沉睡过去，一夜无梦。

晨起，我看到离屋子不远的地方，站着一棵桂花树，醇厚的绿叶间，撒落金粟点点。暗香浮动，静水流深。

"寸心原不大，容得许多香。"——这是桂花的好品德。花品如同人品，宽容、大度、热情、善良，这些加在桂花身上，都配得。

它也总要开到秋末，把秋天完美地送走，才默默退隐江湖。想想还有一些日子的桂花香可闻，我就幸福得很了。

菊有黄花

　　菊花最地道的颜色，是黄色。我买了一盆，黄的花瓣，黄的蕊，极尽温暖，会焐暖一个秋天的记忆和寒冷。

　　一场秋雨，再紧着几场秋风，菊开了。

　　菊在篱笆外开，这是最大众最经典的一种开法。历来入得诗的菊，都是以这般姿势开着的。一大丛一大丛的，倚着篱笆，是篱笆家养的女儿，娇俏的，又是淡定的。有过日子的逍遥。晋代陶渊明随口吟出那句"采菊东篱下"，几乎成了菊的名片。以至后来的人们，一看到篱笆，就想到菊。唐朝元稹有诗云："秋丛绕舍似陶家，遍绕篱边日渐斜。"秋水黄昏，有菊有篱笆，他触景生情地怀念起陶翁来。陶渊明大概做梦也没想到，他能被人千秋万代地记住，很大程度上，得益于他家篱笆外的那一丛菊。菊不朽，他不朽。

　　我所熟悉的菊，却不在篱笆外，它在河畔、沟边、田埂旁。

它有个算不得名字的名字，野菊花。像过去人家小脚的妻，没名没姓，只跟着丈夫，被人称作吴氏、张氏。天地洞开，广阔无边，野菊花们开得随意又随性。小朵的，清秀，不施粉黛。却色彩缤纷，红的黄的，白的紫的，万众一心齐心合力地盛开着。仿佛一群闹嚷嚷的小丫头，挤着挨着在看稀奇，小脸张开，兴奋着，欣喜着。对世界，是初相见的懵懂和憧憬。

乡人们见多了这样的花，不以为意。他们在秋天的原野上收获，播种，埋下来年的期盼。菊们兀自开放，兀自欢笑，与乡人们各不相扰。蓝天白云，天地绵亘。小孩子们却无法视而不见，他们都有颗菊花般的心，天真烂漫。他们与菊亲密，采了它，到处乱插。

那时，家里土墙上贴一张仕女图，有女子云鬓高耸，上面横七竖八插满菊，衣袂上，亦沾着菊，极美。掐了一捧野菊花回家的姐姐，突发奇想帮我梳头，照着墙上仕女的样子。后来，我顶着满头的菊跑出去，惹得村人们围观。"看，这丫头，这丫头。"他们手指我的头，笑着啧啧叹。

现在想想，那样放纵地挥霍美，也只在那样的年纪，最有资格。

人家的屋檐下，也长菊。盛开时，一丛鹅黄，另一丛还是鹅黄。老人们心细，摘了它们晒，做菊花枕。我家里曾有过一只这样的枕头，父亲枕着。父亲有偏头痛，枕了它能安睡。我在暗地里羡慕过，曾决心自己给自己做一只那样的枕头。然来年菊花开时，却贪玩，忘掉这事。

年少时，总是少有耐性的，于不知不觉中，遗失掉许多好光阴。

周日逛街，秋风已凉，街道上落满梧桐叶，路边却一片绚烂。是菊花，摆在那里卖。泥盆子装着，一只盆子里只开一两朵花，花开得肥肥的，一副丰衣足食的好模样。颜色也多，姹紫嫣红，千娇百媚。却还是喜黄色。《礼记》中有"季秋之月，菊有黄花"的记载，可见得，菊花最地道的颜色，是黄色。

我买了一盆，黄的花瓣，黄的蕊，极尽温暖，会焐暖一个秋天的记忆和寒冷。

菊　事

清寒疏离的日子，因菊，变得脉脉温情。

去冬，我把一盆开过花的菊，随手丢弃在屋旁，连同装它的瓦盆。

屋旁有巴掌大的空地，没人理它，它便自作主张地在里面长婆婆纳，长狗尾巴草，长车前子，长蒲公英，还长荠菜。我挑过一回荠菜，满像那回事的，把一份野趣挑进篮子里。后来，这一小撮荠菜，被我切碎了，烙进糯米饼里。饼烙得点点金黄，配了糯米的糯白，配了荠菜的嫩绿，不用吃，光看看，就很享受了。咬一口，鲜透牙。很是感动了一回，有泥土的地方，总会生长着我的故乡。

现在，这块地里，多出一大丛的菊来。是被我丢弃的那一盆。谁想到呢，它的花萎了，叶萎了，心竟是活的。它搂着这颗心，落地生根，不声不响地，勤勤勉勉地生长。最终，它不单自己活了下来，还子孙满堂的样子。——去冬不过一小瓦盆的花，今秋已繁衍成一大丛了。它让我想到柳暗花明，想到天无绝人之路，想到苦尽甘来，只要心没有死，总有出头之日的。

风一场，雨一场，秋季翻过，已是冬了，它还没开够，朵朵灿烂。满世界的萧条，唯它，一簇新亮，是李商隐诗里的"融融冶冶黄"，是童年乡下屋檐下的那抹明黄，打老远就看得见。路过的人，有的站着远远瞅。有的看不过瘾，走近了细细瞧。一律的惊叹，好漂亮的花！它倒是沉得住气，面对众人的赞赏，不动声色、不慌不忙地，只管把好颜色往外掏。一瓣金黄，再一瓣，还是金黄。如历尽世事的女子，参透人生无常，倒让自己有了一份坚守，那就是，守住自己，守住心。所以，冷落也好，繁华亦罢，它都能安然相待，不急不躁。

孤寡老人程爹，在小区的小径旁长菊。小径旁的空地，原是狭长的一小块，小区人家装修房子，把一些碎砖碎玻璃倒在里面。路过的人都小心不去碰触，以免被玻璃划伤了。连调皮的小猫，也绕着那块地走。老人清理掉碎砖碎玻璃，在里面长青菜和菊。几棵青菜，几朵菊花。再几棵青菜，几朵菊花。绿配紫，绿配红，绿配白，绿配黄，小块的地，让人看过去，竟有花园般的感觉。

这些天，老人除了吃饭睡觉，几乎都围着他的菊在转。我上班时看见他，下班时还看见他，背着双手，很有成就感地在小径上漫步，来来回回。一旁，他的菊，如同被惯坏的孩子，正满地打着滚，撒泼似的，把些紫的、红的、白的、黄的颜色，泼洒得四处飞溅。哪一朵，都是硕大丰腴的，都上得了美人头。

天冷，菊越发的艳丽，直艳到人的心里去。小区的人，每日里行色匆匆，虽是久住，彼此却毫不关己地陌生着。而今，因了这些菊，一个个舒缓了脚步，脸上僵硬的线条，渐渐柔软起来。话搭话地闲聊几句，说着花真好看之类的。或者不聊，仅仅站着，看一眼菊，相互笑笑，自有一份亲切，入了心头。再遇见，便是老相识了。清寒疏离的日子，因菊，变得脉脉温情。

木芙蓉

你实在不知它后面还会冒出多少的花苞苞来。一个花苞苞就是一朵惊喜呀。

小区门口的小公园里，不知从何时起，植了一大片的木芙蓉。平日里，它不显山不露水，默默地抽枝，默默地长叶。枝也普通，叶也普通，不识它的人，多半会把它当作野蒿子。

秋渐深，别的花草摇落，它却层出不穷地开起花来，在满目萧索之中，捧出朵朵明艳。一朵一朵的红，像用上等的绢纸叠出来的，簪在枝叶间，你打老远就能望得见。夺目，太夺目了！叫人无端地高兴。

等走近了看，它纤细的枝条上，累累地鼓着的，竟都是花苞苞，家族繁盛、人丁兴旺的样子，你实在不知它后面还会冒出多少的花苞苞来。一个花苞苞就是一朵惊喜呀。你想到小时候看魔术表演，那个嘴里会喷火的中年男人，突然从怀里往外

187

掏东西，他掏出一把的红绸子、一把的绿绸子。在大家的惊呼声中，他抖一抖手，再掏，又是一把的红绸子、一把的绿绸子。他掏啊掏啊，越掏越快，红绸子绿绸子便泉水样的，不断地冒出来，似乎怎么扯也扯不尽。

它就是花中的魔术师啊！

我早也从那里走过，晚也从那里走过，花都好好在着的。我觉得活着的幸福，莫过于有这样的花在开着，有明亮的眼睛在看着。这样的岁月，真真是顶叫人欢喜的。

小时的乡下，也长它，和野葵、木槿们在一起。却不知它叫木芙蓉。我奶奶唤它，饼子花。是说它花朵的样子，大，且扁扁的，像她烙的南瓜饼。我们便也跟着唤，饼子花。一唤好些年，没觉得有什么不妥。它也从没反对过，总是浅浅笑着，撑着嫣红的脸蛋，在日益清寒的秋风里。

每日黄昏，我们放学归家，远远看见茅草屋旁那一朵朵嫣红，脚步就不由得会加快，心里面快乐起来，哦，快到家了，可以捧上热热的粥喝了，可以钻进温暖的被窝了。秋风渐紧，夕阳彤红。

是在一些年后，我在前人的诗里面突然遇到它，才吓了一惊，原来，它竟有个动听的名字，叫木芙蓉。是开在岸上的荷。前人的诗里，对它，多的是赞誉："小池南畔木芙蓉，雨后霜前着意红。犹胜无言旧桃李，一生开落任东风。"它不声不响的，竟把春天里沸腾的一场花事，给比下去了。

我采一枝木芙蓉，想带回家去插。花在我手里，却一下子蔫了。决绝的，不留余地的。如世间刚烈的好女子，为着做人的原则和道义，宁为玉碎，不为瓦全。不阿谀奉承，不委曲求全，柔弱的身子里，有大丈夫气概。这样的好女子，常被人称作女中豪杰，使人敬重且仰视。

　　我再没有动过采摘它的念头。

　　现在，霜降已至。它的枝叶，亦开始发黄、枯萎，花却仍在很锦绣地开着。一朵接着一朵，不慌不忙，恬静安然，叫人感动。

　　它还有个名字，叫拒霜花。我觉得，很贴切。

银杏黄

　　怎么能够不欢欣呢？我等它等了那么久，也就要去赴约了。

一

　　终于等来了露白风清。

　　我身体内隐蔽的一种渴望，按捺不住就要跳出来。我显得无端的高兴，看见什么都想笑，一颗心变得那么柔软，想对整个世界温柔。

　　怎么能够不欢欣呢？我等它等了那么久，也就要去赴约了。它更像是我一个人的秘密，是大自然郑重地交给我的秘密。

　　这时节，大自然的面孔最是纷繁，一方面现出它的薄凉沧桑，一方面又端出它的丰饶美艳，你实在被它弄迷糊了。爱，还是不爱，有时真是个问题。

却不能不惊艳。比方说，你走着走着，突然逢到一地的菊花。大朵的，或是小朵的，哪一朵不是极尽欢颜，热情奔放得能把你燃烧了？你看着它，像被狐妖媚惑住，迈不了脚了，甘愿醉倒在温柔乡。

再比方说，你正在路边某个小亭子里小歇，鼻子里忽然塞满香甜，浓烈得你无力抵抗。你只能任由它牵着引着，一路寻到跟前去，细密的金黄的小花，多像害羞的小姑娘的眼。你明知道是它在调皮、在逗引，仍像发现新大陆似的，慨叹一声，哦，桂花开了哎。

三五文朋好友有空便相约，赏桂去吧。很有点古代文人的遗韵呢。有朋友会泡功夫茶，青花瓷的小杯，单单摆着，就叫人心动。更何况他说，要在山上的桂花树下，温上一壶。风吹桂落，是不是也有几朵跳到青花瓷的小杯里？那样的景象，不能想，一想就痴了。

我要赴的，却是与一场叶子的约会。

二

我翻书，想找出一篇写它的，少。"停车坐爱枫林晚，霜叶红于二月花"。——是写枫的。"一重山，两重山，山远天高烟水寒，相思枫叶丹"。——还是写枫的。

它明明有着与枫同等的灿烂与火热，为什么就被忽略掉了？它真有点怀才不遇。

命运却又是仁慈的，同样赋予它空气、阳光、水、天空和大地。

我不知道它是不是也这么想的。每年再相见，它都很守约地扛着一树的黄，像扛着一树的黄花朵，神采奕奕。零星的，或成片的，一律都黄得透透的，每片叶子，都成了精。把周遭的空气，染得黄黄的。把半边天空，染得黄黄的。华丽着，高贵着。薄凉的风，因它，也有了暖意。

它的出色，也终于被人赏识，近一些年来，越来越多的城，在路边栽了它，当风景。

我去无锡，顺道去惠山赏枫，没想到，也与它相逢。它站在一堆火红的枫里面，好像刚刚梳洗完毕，浑身上下披挂一新，满头满身的艳黄跳跃出来，又活泼，又明媚，竟把枫给比下去了。

原来，它也在这里！我望了它笑，想对它说很多话，又觉得哪一句都是多余。

有新人来拍婚纱照。在满山的红里面，他们极聪慧地单单挑出它来，倚了一树的"黄花朵"，笑得恩爱甜蜜、地老天荒。

我退到边上，远远看，为它欣慰。它的身上，染上爱情色了，从此，它将穿行于凡俗的每一个日子，见证每一个烟火人生。

三

念及它，也总是要想到一个老人。

老人在上海。我只是在报纸上偶遇他，在一则新闻下面的图片里。

图片上，老人在绘蝶。他的手底下，聚集着彩色蝴蝶一只只，花团锦簇，姿态万千。

那原不过是些落叶——它的叶。老人一片一片捡起，用笔轻轻点染，就成就了它的另一场绚丽。

生命到底还有多少种活法？这永远是个未知数。正是这样的未知，才造就了生命的神秘与多彩，才有了敬畏、善待与向往。

亦收到一个女孩寄来的信。信里，女孩很用心地放了两枚它的叶。可能是放置时间久了，叶子变得又干燥又薄透，颜色却未曾褪去一点点，仍是最初的艳。我不想用金黄来说它，我以为俗了，它就是它的本色。——我叫它，银杏黄。

女孩说，她最喜欢收藏银杏的叶子，每年，她都会捡拾很多，夹满书本。

女孩的身世，颇惹人怜惜。三岁那年，母亲离家出走，从此再没回过家。父亲因这样的打击，患了精神分裂症。小小的她，学会了照顾父亲、照顾自己。一路的艰辛，不与人说，人前欢笑，却在人后黯淡。一天，她偶与我的文字相遇，凉的心，一点一点被暖起来。她说，梅子姐，你的存在就是一道光，你温暖了我，我也会用这束光温暖身边的人。尽管是小小的力量。谢谢你，也谢谢我自己。我们都要好好的。

我把那两片银杏黄，粘到了我书房的墙上。我什么时候看过去，它们都像花瓣一样盛开着。又像蝴蝶一样，张着翅膀，就要飞了。

才有梅花便不同

梅有的，就是这样的与众不同啊！一地清月，满室幽香。

趁着天黑，去邻家院子边，折一枝梅回来。这有偷的意思了。——我是，实在架不住它的香。

它香得委实撩人。晚饭后散步，隔着老远，它的香就远远追过来，像撒娇的小女儿，甜腻腻地缠着你，让你架不住心软。我向东走，它追到东边。我向西走，它追到西边。我向南走，它追到南边。我向北走，它追到北边。黑天里看不见，但我知道它在那里，它就在那里，在邻家的院子里。一棵，只一棵。

白天，我在二楼。西窗口。我的目光稍稍向下倾斜，就可以看到它。邻家的院子，终日里铁栅栏圈着，有些冰冷。有了一树的梅，竟是不一样了。连同邻家那个不苟言笑的男人，他在梅树下进进出出，望上去，竟也有了几分亲切。一树细密的黄花朵，不急不徐地开着，隔了距离看，像镶了一树的黄宝石。枝枝条条，四下里漫开去，它是想把它的欢颜与馨香，送到更远的地方去。一家有花百家香。花比人慷慨，从不吝啬它的香。

梅是大众情人，人见人爱，这在花里面少见。梅的本事，是一般的花学不来的。谁能在冰天雪地里，捧出一颗芬芳的心？谁能在满目的衰败与枯黄之中，抖搂出鲜艳？只有梅了。它从冬到春，在季节最为苍白最为寂寥的时候，它含苞，它绽放。它是冬天里的安慰，它是春天里的温暖。

喜欢关于梅的一则韵事。相传宋武帝的女儿寿阳公主，某天午睡，独卧于自己寝宫的檐下。旁有一树梅，其时花开正盛。风吹，有花落于公主额上，留下一朵黄色印记，拂之不去。宫人们惊奇地发现，公主因这朵黄色印记，变得更加娇媚动人了。从此，宫人们争相效仿，采得梅花，贴于额前，此为梅花妆。——原来，古代女子的对镜贴花黄，竟是与梅花分不开的。

我对着镜子，摘一朵梅，玩笑般地贴在额前。想我的前身，当也是一个女子吧，她摘过梅花么？她对镜贴过花黄么？想起前日里，去城南见一个朋友。暖暖的天，暖暖的阳光，空气中，有了春的味道。突然闻到一阵幽香，不用寻，我知道，那是梅了。果真的，街边公园里，有梅一棵，裸露的枝条上，爬满小花朵，它们甜蜜着一张张小脸儿，笑逐颜开。有老妇人，在树旁转，她抬眼，四下里看，趁人不备，折下一枝，笑吟吟地，往怀里兜。她那略带天真的样子，让我微笑起来，人生至老，若还能保持着这样一颗喜爱的心，当是十分十分可爱且甜蜜的吧。

亦想起北魏的陆凯。那样一个大男人，居然浪漫到把一枝梅花，装在信封里，寄给好朋友范晔，并赋诗一首："折梅逢驿使，寄与陇头人。江南无所有，聊赠一枝春。"他把他的春天，送给了朋友。做这样的人的朋友，实在是件幸运且幸福的事。

我折回的梅，被我插在书房的笔筒里。简陋的笔筒，因了一枝梅，变得活泼起来俏丽起来。南宋杜耒写梅："寒夜客来茶当酒，竹炉汤沸火初红。寻常一样窗前月，才有梅花便不同。"诗里不见一字对梅的赞美，却把梅的风骨全写尽了。梅有什么？梅有的，就是这样的与众不同啊！一地清月，满室幽香。那样一个寻常之夜，因窗前一树的梅，诗人的人生，活出了不寻常。

第六辑
风过林梢

露天舞台，一盏汽油灯悬着，照着她唇红齿白一张粉嫩的脸，她像开得满满的一枝芍药花。

蓝色的蓝

生命本是如此珍贵，当爱惜。

她报出她的姓时，我们都讶异极了。"蓝，蓝色的蓝。"她笑着说，红唇鲜艳。继而介绍她的名，居然单单一个字，蓝。她的名字，蓝蓝。那会儿，我们正站在蓝蓝的湖边，蓝蓝的天空倒映在湖中，如一大块蓝玉。她的名字，应和了眼前景，如此诗意，真是让人妒忌得很。

我们一行人游西藏，她是半道上加进来的。之前，她一个人已游完拉萨，还在一家医院里，做了一天的义工。"也没做什么啦，就是帮人家拿拿接接的。"她满不在意地大笑起来，灿若一朵木棉花。五十多岁的人，看上去不过四十出头，靓丽明艳。小导游喊同团稍上年纪的女人"阿姨"，却叫她，蓝蓝姐。她乐得眉毛眼睛都在笑。

我们都羡慕她的明媚和精神气。几天的西藏行走，我们早已疲惫不堪，高原反应也还在折磨着，一个个看上去灰头土脸的，她却饱满得枝叶葱茏。"你真不简单。"我们由衷地夸。她听了，哈哈大笑，开心极了。

她爱笑，热情，说话幽默。一团的人，分别来自不同地方，彼此间有戒备，一路上都是各走各的，少有言语。她的到来，恰如煦风吹过湖面，泛起浪花朵朵。众人受她感染，都变得活泼起来亲切起来，有说有笑的。原来，都不是冷漠的人哪。

很快的，她跟全团的人混熟了。这个头疼，她给止疼药。那个腹泻，她给止泻药。有人削水果，不小心被刀划破了手，她伸手到口袋里一掏，就掏出几枚创可贴来。仿佛她会变魔术。大家对她敬佩和感激得不得了，她却轻描淡写地说："这没什么，我只不过多备了点常用药。"

西藏地广路遥，从一个景点到另一个景点，往往相距一两千里，要翻越许多座山，涉渡许多条河。天未亮，我们就摸黑上路，所有人都睡眼惺忪，根本来不及收拾自己，只把自己囫囵塞进车子了事。她却披挂完整，眼影、眉线、口红，样样不缺，妆容精致，光彩灼灼，跟画里的人似的。我们忍不住看她一眼，再看一眼，心里生出无限的感喟与感动来。

知道她的故事，是在纳木错。

面对变幻无穷风光诡异的圣湖，她孩子一样地欢呼奔跑，然后，双膝突然跪下，泪流满面。我们都吓一跳，正愣怔着不知怎么办才好时，听到她喃喃地说："感谢上帝，我来了。"

原来，她身患绝症已两年。医生宣判的那会儿，她只感到天崩地塌。她在意过很多，得失名利，都曾是她生命的主题曲。她玩命地去争，甚至因此忽略了家庭，让自己憔悴不堪。当她知道自己的日子，只剩下短短三个月时，曾经双手紧握着的那一些，都成浮云了，她只要自己能活。

　　她开始重新打理自己的生活。养花种草。出门旅游。还常常跑去做义工。生命变得充盈起来，每天清晨睁开眼，看到窗外的一缕阳光，她的心里总会腾起一阵欢喜，"感谢上帝，我又拥有一天！"她把每一天，都当作是崭新的，是重生。所以，心中时时充满感激。她活过了医生断定的三个月。活过了一年。活过了两年。还将活下去。

　　我们听得涟漪四起。生命本是如此珍贵，当爱惜。我们不再说话，一起看湖。眼睛里，一片一片的蓝，相互辉映交融。那是湖的蓝。天的蓝。广阔无垠。

白日光

一塘的红莲，如期盛开，开得红粉乱溅，朵朵摇香。

那个时候，我是寂寞的吧，四五岁的年纪，身边没一个同龄的玩伴。

午后的村庄，天上飘着几朵慵懒的云。路边草丛中，野花朵黄一朵白一朵地开着。鸡和狗们，漫不经心地走在土路上。风轻轻吹过一片绿的田野。绿的田野上，遥遥地，移动着一些黑的点子白的点子，那是在地里劳作的大人们。我绕着村庄转一圈，实在没事可干，就又转到池塘边的瞎奶奶家了。

全村只瞎奶奶家门前有口池塘。我知道，那里面有鱼有虾，还长莲和菱。六七月莲开，水波轻晃，朵朵摇香。九十月菱角成熟，有人路过，用锄头一蓬一蓬地够上岸来，边摘边吃。而到了腊月脚下，塘边围满了人，人们脸上蒸腾着一团喜气，他们到塘子里取鱼取虾。白花花的鱼，在岸上泥地里跳，闪耀着碎银一样的光芒。

但我从来不敢跑近那池塘，村子里的其他孩子也都不敢。因为大人们说，塘子里有老鬼，专门吃小孩。瞎奶奶也这么说，她每次"见"到我，都要再三叮嘱我，不要到塘子里去玩水啊，那里面有老鬼，闻见小孩子的肉香，就要吃的。我谨记着，我自然是怕老鬼吃我的，我更想得到她的奖励。只要我答没去玩水，瞎奶奶准会奖励我一块薄荷糖。那个年代，一块简朴的薄荷糖，对一个小孩子来说，也是无上的向往和甜。

我小心地绕过那池塘。池塘边的泡桐树上，开了一树一树紫色的花，像倒挂着无数把紫色的小伞。花喜鹊站在上面蹦跳，抖落了一瓣一瓣的花，树下面，便落一层浅紫，细细碎碎的。我很想过去捡一串花来玩，但想到瞎奶奶的薄荷糖，便打消了这个念头。我边走边痴痴看，就到了瞎奶奶家门口了。说来也真是奇怪，瞎奶奶的眼睛虽看不见了，但每次我来，她准知道。那会儿，她抬起头，混浊的没有一丝光亮的眼睛，对着我的方向问，是志煜家的二丫头梅吧？

我答应一声，叫，瞎奶奶。她欢喜地应，哎。放下针线活，伸手招我过去，摸我的脸，问，梅，有没有去塘子里玩水？我答，没。瞎奶奶高兴了，夸我，梅真乖。记住，千万不要去塘子里玩水啊，塘子里有老鬼，专门吃小孩子的，瞎奶奶说。我答，唔，我记住了。瞎奶奶便到她怀里摸索，抖抖颤颤一阵后，方掏出一块方格子手帕，左一层右一层地揭开，我看到里面躺着的薄荷糖。来，给梅吃，梅不要去塘子里玩水啊，瞎奶奶不放心地关照。糖有些黏乎乎的，乳色的小蛾子似的，我一口含到嘴里，直把小小的心都浸甜了。我含糊着应，哦。

糖吃完，瞎奶奶让我帮她穿针线。这活儿我乐意干，我的眼睛亮着呢，只一下，就把线穿过针孔了。瞎奶奶接过针线去，"望"着我，慈祥地笑，瘦小的脸，像一枚皱褶的核桃。她突然落花般地叹息一声，若是我的锁儿还在，他也该成婚了，养的孩子，也该你这般大了。这些话我可听不懂，我定定地看着她，她脸上每一道皱纹里，仿佛都有粼粼的波在荡，竟是说不出的悲伤。

她这么对着我"望"一会儿，复低下头去，一针一线纳她的鞋底，坐在一圈白日光里。时光静极了，梧桐树的影子在矮墙上晃，连同那些紫色的花的影子。矮墙头上，晒着她做好的布鞋，一双双，黑面子，白底子，那么大。我看着瞎奶奶的小脚，有些疑惑地问，瞎奶奶，这是给谁做的鞋啊？瞎奶奶答，是给锁儿他爹做的啊。锁儿，那是谁呢？锁儿他爹又是谁？我怎么从没见过。我怔一怔，突然从池塘边的泡桐树上，传来喜鹊的叫声，喳喳，喳喳，高亢的一两声，打破一个天地的静。瞎奶奶停了针线活，侧耳听，脸上慢慢浮上笑来，说，喜鹊叫，客人到，家里要来客喽。我不信，喜鹊每天都在叫，我却从来没有见过她家来客人。瞎奶奶却说，谁说没有？梅就是我家的客人啊。

我把她说的话告诉祖母，祖母唉地叹一口气，瞎奶奶是个可怜的人哪。

她有过一个完整的家，男人壮实，儿子可爱，一家人在一起，只想把凡俗的日子安稳地过下来。然战乱与饥荒来袭，寻常的日子竟过不下去了，家里渐渐揭不开锅。男人跟她商量，要置副货郎担，去外讨生活，等换得铜板来，给她和儿子好日子过。好歹要保住我们李家的这个根啊！男人看一眼扯着她的衣角、饿得面黄肌瘦的儿子说。她点点头，开始没日没夜地给男人赶做布鞋。一共做了四双，她想着，春天一双，夏天一双，秋天一双，冬天一双，等四双鞋都磨破了，男人也该回了。为这，她把自己的嫁衣都给拆了，一块块布，纳到了男人的脚底下。

男人揣上她做的布鞋，上路了。走前，男人向她保证，少则半年，多则一年，他一定会回来。然而，春去春又回，男人却没有回。他们唯一的儿子锁儿，在又一年的六月天，掉进家门口的池塘里淹死了，死时，手里紧紧攥着一枝红莲。她懊恼得肝肠寸断，她怎么就不知道塘子里好看的红莲会吃人呢？她怎么就没留意到儿子会被红莲牵着，一步一步走下水里去？

彼时，她还年轻着，容貌也好，完全可以再嫁个壮实的庄户人，倚靠着那个人，求个今生安稳。也真的有几个壮实的庄户人看上她，许她好日子，要娶她过门。她却不，她说对不起男人，她把他李家的根弄没了，她要等他回。

一日一日，一年一年，她为男人做着布鞋，从青丝，到白头。漫长的等待，加上内心悔恨的煎熬，她不断地流泪，眼睛渐渐不行了，最后终导致全看不见了。

我念小学后，极少再去瞎奶奶家。偶尔路过，还见她坐在矮墙下，坐在一圈白日光里，永远那样的姿态：低着头，一针一线地纳着鞋底。她的白发上，落着白日光的影子，白淹没在白里面，那么分明，又是模糊的。看过去，她竟像是裹在一团雾里，不很真切。池塘边的泡桐树上，花喜鹊还站在上面喳喳喳。远处的田野里，传来人们劳作的号子声，嗨哟，嗨嗨哟。——太平盛世，热火朝天。她锁儿的爹，始终没回。

我小学毕业那年五月，一个中年人寻寻问问，一路摸到我们村庄。他向村人们打听，崔曼丽还活着吗？她的家在哪里？村人们一头雾水。但不一会儿，有人醒悟过来，说，怕是瞎奶奶吧。上了年纪的人恍然大悟，回忆，瞎奶奶好像是姓崔的。

一村人跟着去看热闹。中年人才提到李怀远，瞎奶奶就浑身颤抖不止，浑浊的眼里，缓缓滚下两行泪，她哆嗦着嘴唇问，怀远在哪里？我对不起他，我把他李家的根弄丢了。中年人一把抱住了她，眼含热泪地叫，大妈，我可找到你了！

当年，她的男人李怀远，挑着货郎担，一路南下。很快赚得一些铜板，以为三两个月就能回的，却在半路上不幸染上风寒，一病不起。一对老夫妇救了他。老夫妇膝下只有一个姑娘，正当青春，对他照应十分细致，端饭端水伺候月余，他的身体才得以慢慢好转。为了报恩，他留了下来，娶了那姑娘，开始了另一番生活。他对老家的女人一直心怀愧疚，她做的布鞋，有两双他没穿完，他珍宝一样收藏着，任何人动不得。逢年过节，他都要拿出来看看。当他病重，得知自己将不久于人世，他把儿子叫到了跟前，嘱咐儿子，无论如何，一定要找到她。

听的人唏嘘不已。瞎奶奶却只是笑着，她使劲地眨着一双空洞的眼，对着眼前的中年人"看"啊"看"。你真的是怀远的儿子？她问。得到中年人肯定的答复，她喜不自禁，颤抖着伸出手来，一遍一遍摸中年人的脸，笑说一声，他还有个根在，好！笑着笑着，眼睛就闭上了，整个人软塌塌倒下去，没了气息。

那年六月，瞎奶奶家门前的池塘里，一塘的红莲，如期盛开，开得红粉乱溅，朵朵摇香。

如果蚕豆会说话

九十二颗蚕豆，九十二种想念。如果蚕豆会说话，它一定会对她说，我爱你。

二十一岁，如花绽放的年纪，她被遣送到遥远的乡下去改造。不过一瞬间，她就从一个幸福的女孩子，变成了人所不齿的"资产阶级小姐"。那个年代有那个年代的荒唐，而这样的荒唐，几乎改变了她的一生。

父亲被批斗至死。母亲伤心之余，选择跳楼，结束了自己的生命。这个世上，再没有疼爱的手，可以抚过她遍布伤痕的天空。她蜗居在乡下一间漏雨的小屋里，出工，收工，如同木偶一般。

最怕的是田间休息的时候，集体的大喇叭里播放着革命歌曲，"革命群众"围坐一堆，开始对她进行批判。

她低着头，站着。衣服不敢再穿整洁的，她和他们一样，

210

穿带补丁的。发也不再留长的，她忍痛割爱，剪了。她甚至有意站毒日头下晒着，她要晒黑她白皙的皮肤。她努力把自己打造成贫下中农中的一员。一个女孩子的花季，不再明艳。

那一天，歇晌，脸上长着两颗肉痣的队长突然心血来潮，把大家召集起来，说革命出现了新动向。所谓的新动向，不过是她的短发上，别了一只红色的发卡。那是母亲留给她的唯一遗物。

队长粗暴地让人从她的发上，强取下发卡。她第一次反抗，泪流满面地争夺。那一刻，她像一只孤单的雁。

这个时候，突然从人群中跳出一个身影来，他不管不顾地冲上前去，从队长手里抢过发卡，交到她手里。一边用手臂护着她，一边对着周围的人愤怒地"哇哇"叫着。

所有的喧闹，一下子静下来，大家面面相觑。一会儿之后，又都宽容地笑了，没有人跟他计较。一个可怜的哑巴，从小被遗弃在村口，是吃百家饭长大的，长到三十岁了，还是孑然一身。谁都把他当作可怜的人。

队长也不跟他计较，挥挥手，让人群散了。他望望她，打着手势，意思是叫她安心，不要怕，以后有他保护她。她看不懂，但眼底的泪，却一滴一滴滚下来，珍珠似的，砸在脚下的黄土里。

他看着泪流不止的她，手足无措。忽然从口袋里，掏出一把炒蚕豆来，塞到她手里。这是他为她炒的。不过几小把，他一直揣在口袋里，想送她，却望而却步。她是他心中的神，如何敢轻易接近？这会儿，他终于可以亲手把蚕豆交给她了，他满足地搓着手"嘿嘿"笑了。

她第一次抬眼打量他。长脸，小眼睛，脸上布满岁月的风霜。这是一个有些丑丑的男人，可她眼前，却看到一扇温暖的窗打开了。是久居阴霾里，突见阳光的那种暖。

从此，他像守护神似的跟着她，再没人找她的麻烦，因为他会为她去拼命。谁愿意得罪一个可怜的哑巴呢？谁也不愿意的。她的世界，变得宁静起来。她甚至，可以写写日记、看看书。重的活，有他帮着做。漏雨的屋，亦有他帮着补。有了他，她不再惧怕夜的黑。

他对她的好，所有人都明白，她亦明白。却从不曾考虑过要嫁给他。这怎么可能呢？她虽身陷泥淖，心底的那一份高傲却从不曾丢。她相信，总有一天，她会重新飞走。

邻居阿婶想做好事，某一日，突然拉住收工回家的她，说："不如就做了他的媳妇吧，以后也有个知冷知热疼你的人。"她愣住。转身看他，他拼命摇头，脸涨得通红。

这之后，他看见她，远远就避开走。她明白他的好意，是不想让她难做。这反倒让她改变了心意，邻居阿婶再撮合这桩亲事时，她点头答应了。是想着委屈的吧，在嫁他的前一天，她跑到没人的地方，大哭一场。

他们的婚姻，开始在无声里铺排开来，柴米油盐，一屋子的烟火熏着。他不让她干一点点重活，甚至她换下的内衣，都是他抢了洗，她在烟火的日子里，渐渐白胖。

这是幸福吧？有时她想。眼睛眺望着遥远的南方，那里，是她成长的地方。如果生活里没有变故，那么她现在，一定坐在钢琴旁，弹着乐曲唱着歌。或者，在某个公园里，悠闲地散着步。她摊开双手，望见修长的手指上，结着一个一个的茧。不再有指望，那么，就这么过着吧。

他们一直没有孩子。但这不妨碍他对她的好，晴天为她挡太阳，阴天为她遮风雨。村人们感叹，这个哑巴，真会疼人。她听到，心念一转，有泪，点点滴滴，泅湿心头。这辈子，别无他求了。

生活是波平浪静的一幅画，如果后来她的姨妈不出现，这幅画会永远悬在他们的日子里。她的姨妈，那个从小去了法国，而后留在了法国的女人，结过婚，离了，如今孤身一人。老来想有个依靠，于是想到她，辗转打听到，希望她能过去，承欢左右。

这个时候，她还不算老，四十岁不到呢。她还可以继续她年轻时的梦想，比如弹琴，或绘画。她在这两方面都有相当的天赋。

姨妈却不愿意接受他。照姨妈的看法，一个一贫如洗的哑巴，她跟了他十来年，也算对得起他了。他亦是不肯离开故土。

她只身去了法国。在法国，她常伴着咖啡度夕阳，生活优雅娴静。这些，是她梦里盼过多少次的生活啊，现在，都来了，却空落。那一片天空下，少了一个人的呼吸，终究有些荒凉。一个月，两个月……她好不容易挨过一季，她对姨妈说，她该走了。

再多的华丽，亦留不住她。

她回家的时候，他并不知晓，却早早等在村口。她一进村，就看到他瘦瘦的身影，没在黄昏里，仿佛涂了一层金粉。或许是感应吧，她想。

其实，哪里是感应？从她走后，每天的黄昏，他都到路口来等她。

没有热烈的拥抱，没有缠绵的牵手，他们只是互相看了看，眼睛里，有溪水流过。他接过她手里的大包小包，让她空着手跟在后面走。到家，他把她按到椅子上，望着她笑，忽然就去搬出一个铁罐来，那是她平常用来放些零碎小物件的。他在她面前，陡地扳倒铁罐，哗啦啦，一地的蚕豆，蹦跳开来。

他一颗一颗数给她看，每数一颗，就抬头对她笑一下。他数了很久很久，一共是九十二颗蚕豆，她在心里默念着这个数字。九十二，正好是她离家的天数。

没有人懂。唯有她懂，那一颗一颗的蚕豆，是他想她的心。九十二颗蚕豆，九十二种想念。如果蚕豆会说话，它一定会对她说，我爱你。那是他用一生凝聚起来的语言。

九十二颗蚕豆，从此，成了她最最宝贵的珍藏。

老裁缝

屋檐下的大缸里，不再长太阳花，而是长了一缸的葱，在春风里，很有风情地绿着。

老裁缝是上海人，下放到我们苏北乡下来时，不过四十出头的年纪。我没亲眼见到老裁缝从上海来，我有记忆的时候，老裁缝已在村子里住很久了。久得像我每天爬过的木头桥。木头桥搭在一条小河上面，东西流向的小河，把一个村庄，分成了河北与河南。

老裁缝的家，住在河北，我得爬过小桥去。他的家门口，总是扫得很干净，地上连一片草叶儿也没有。屋檐下，放一口废弃的水缸，缸里面，种着太阳花。一年四季，那些花仿佛都在开着，红红黄黄白白的，满满一大缸的颜色。这在上个世纪七十年代的乡下，很特别了。这种特别，在我们小孩眼里看来，很神秘。

我们常聚在他的家门口跳格子（一种孩子玩的游戏），不时探头探脑往他屋内瞧。瞧见的景，永远是那样的：他系着蓝布围裙，脖子上晾根皮尺，坐在矮凳上，低头在缝衣裳。身影很清瘦。他旁边的案板上，放着剪刀、粉饼、直尺、裁剪好的布料、零碎的布头。阳光照着檐下的水缸，一缸的颜色，满得要流溢出来。时光好像被老裁缝的针线，缝住了似的，温柔地静止着。老裁缝偶尔从那静止里，抬了头看看我们，目光缥缈。我们"咦呀"一声惊叫，小鸡样的，快速地散开去。

　　听大人们说过他的故事，原本有妻有儿的，却突然犯了事，坐了两年牢。妻子带着儿子，重嫁人了。他从牢里出来后，家回不去了，被遣送到这苏北乡下来。

　　我们怕他，怕得没来由的。我们不敢踏进他的屋子一步。但也有例外，一是大人领我们去裁衣。二是大人吩咐我们送东西给他。

　　腊月脚下，村人们得了空闲，各家的大人，找了零碎的票子，给孩子们扯上几尺棉布，做过年的新衣裳。老裁缝的小屋里，终日便挤满了人。大家热热闹闹地闲唠着，老裁缝静静听，并不插话。他不紧不慢地帮我们量尺寸，手指凉凉地滑过我们的脖颈。很异样的感觉。

　　有人跟他开玩笑，学了他的口吻，问，阿拉要做媒啊？他淡淡地回，阿拉不要。低了头，拿了粉饼在布料上做记号，嚓嚓，嚓嚓，布料上现出一道道粉色的线。空气中，弥漫着棉布的味道。

一些天后，衣裳做出来了。大人们捧手上感叹，到底是裁缝做的，就是好。他们所说的好，是指他做工的精致，哪怕是小孩的衣，连一个扣眼，他也绝不马虎着做。经他的手做出来的衣，有款有型，即使水洗过，也不变形。

夏秋季节，乡下瓜果蔬菜多。草垛上趴着大南瓜。矮树枝上，缠着一串一串紫扁豆。茅屋后，挂满丝瓜。大人们随手摘一只南瓜，扯一把扁豆，再摘几根丝瓜，放到篮子里，着我们给老裁缝送去。老裁缝接过东西，必一边往我们的空篮子里，放上几颗水果糖。一边伸手摸了我们的头，嘱咐，回去替我谢谢你们家大人，他们太客气了。一口的上海腔，很惹听。

老裁缝后来收了个女徒弟，一患小儿麻痹症的姑娘，外村人。这事很是让村人们喧哗了一阵子，因为老裁缝向来不收徒弟的，何况是个女徒弟，何况还拄着拐杖。但那姑娘很固执，天天守在老裁缝家门口。老裁缝破了规矩，答应了。

从此，我们看到的景，变了，老裁缝还系着蓝布围裙，脖子上晾根皮尺，但他的身边，多出一团亮丽，如檐下缸里的太阳花。那朵花，眉眼盈盈，唤他师傅，和他相挨着，穿针引线。他们偶尔低低说着什么，发出笑声来，他的笑声，她的笑声。一团的温馨。我们都有些惊讶，原来，老裁缝是会笑的。

上海来人找老裁缝，是秋末的事。那个时候，天空高远得一望无际。棉田里，尚有些迟开的棉花，零零碎碎地开着，一朵一朵的白，点缀在一片褐色之上。来人很年轻，他穿过一片棉田，很客气地寻问老裁缝的家，声音极像老裁缝。村人们望着他的背影，很有预见地说，这肯定是老裁缝的儿子，老裁缝怕是要回上海了。

老裁缝却没走。只是比往常更沉默了，他依旧坐在矮凳上缝衣裳，系着蓝布围裙，脖子上晾根皮尺。他的女徒弟，守在一边，也沉默地干着活儿。时光宁静，却在那宁静里，让人望出忧愁来，总感觉着有什么事要发生。

到底出事了，问题出在他的女徒弟身上。姑娘回家，对父母说出一句石破天惊的话来，她爱老裁缝，她要嫁给老裁缝。结果，老裁缝的家，被愤怒的姑娘家人，砸了个稀巴烂。姑娘很快嫁了出去，听说出嫁时，哭声震天。

老裁缝在村里待不下去了，他于一个清晨，离开了村子。早起的人，看见他一个人沿着棉田小路，向着远处，越走越远。有人说他回了上海。有人说他去了南方。也有人说他跳了江。

当一个冬天过去，天开始晴暖了，土地开始苏醒了，村人们开始忙春耕。老裁缝住过的地方，一对老夫妻搬了进去。屋檐下的水缸里，不再长太阳花，而是长了一缸的葱，在春风里，很有风情地绿着。

彼岸种下的盅

世上少见这种花，花与叶两不相见。花开，叶在彼岸。叶来，花在彼岸。一点不拖泥带水，决绝得叫人心疼。

我画了一枝彼岸花。用大红和深红的色彩涂抹，描着描着，手怯。纸上的色彩，太鲜艳了，血一般的。

世上少见这种花，花与叶两不相见。花开，叶在彼岸。叶来，花在彼岸。一点不拖泥带水，决绝得叫人心疼。偏又血脉相连，枝枝蔓蔓上，都是对方的气息。那一个的在，是了然于心的。却注定了今生无缘，来世无分，只能一任思念，雕砌着日日夜夜。

这世上，原还有一种情在，未曾相遇，便早已错过。

命运就是这样的蹉跎。是年少时的那个故事，记不得是谁讲的了。或许是我爷爷，或许是我父亲。说是一年轻男子，收听广播时，爱上了广播里的一个声音。每日晚上，那声音会准时响起，先是开场白：各位听众，晚上好。女声，甜美，清脆，如百灵鸟。这声音有时会讲一两个小故事。有时会讲读一两篇小通讯。有时会播报几则时事。不管她讲什么，在年轻男子听来，都是极好的。他爱上了。

他去找她，不得见。给她写信，写了很多。终一天，她回复了，竟是妙龄女郎一个。他真是欢喜啊。他们约好见面。见面那天，他早早去，却听说，她犯了错，被押解到某地劳教去了。他辗转追到某地，她却又被遣送至他乡。从此，音信杳无。他一辈子未曾娶妻，只等着那熟悉的声音再次响起。到死，他也没有等到。

故事真是悲，听得年少的心里，忧伤四起。茅屋檐下，彼岸花正不息地开。

那时不识此花，纤弱的。夏雨初息，水滴花开，一瓣瓣细长卷曲，红得触目。周遭顿时失色，只那一枝枝红，激荡在似乎空无一物的背景中。祖母叫它龙爪花。我想不明白，它与龙有什么关联。也只把好奇装在肚子里，看见它，也只远远看着。我们掐桃花，掐大丽花，掐菊花，掐一切看得见的花，却从未曾掐下它来玩。——小孩子是顶懂敬畏的，太美的事物里，藏着神圣，亵渎不得。

民间又一说，叫它蛇花。

那年，在无锡。惠山上漫走，满山都开着这样的花。石头旁，小径边，或是一堆的杂草中。它是当野花来开着的，没有一点点骄傲。然独特的气质，即便山野，也遮掩不了。那朵朵的艳红，把一座山，映得水灵而妩媚。喜欢，实在喜欢。我就掐一枝，拿手上拍照。

旁边走过三五个妇人，是老姐妹相聚着爬山的吧。她们对着我，叽叽咕咕说着什么，神情甚是着急。我听不懂，只能猜，以为她们指责我乱掐花草。于是很是羞愧，手上抓着那朵花，扔也不是，不扔也不是。又想狡辩，啊，它是从岩石下面开出来的一朵，是杂草堆里的，是野花儿。

一中年男人走过，看到我们大眼瞪小眼的样，赶紧帮着翻译，告诉我，她们说，你手上的蛇花是有毒的，赶紧扔了吧。

回家查资料，果然。中医典籍上叫它石蒜，如此记载：红花石蒜鳞茎性温，味辛、苦，有毒，入药有催吐、祛痰、消肿、止痛、解毒之效。但如误食，可能会导致中毒，轻者呕吐、腹泻，重者可能会导致中枢神经系统麻痹，有生命危险。

这让我想起"红颜祸水"之说。君王亡国，也怨了红颜。可是，有谁想过，祸水原不在红颜，而是绊惹她的那些个啊。如这彼岸花，它在它的世界里妖娆，关卿何事？你偏要惹它，只能中了它的蛊。——它就是这样的轻侮不得。这骨子里的凛冽，倒让我敬佩了。

它还有个极禅意的名字，叫曼珠沙华。是佛经中描绘的天界之花，说见之者可断离恶业。

棉花的花

我的眼前晃过那一望无际的棉花的花，露水很重的清晨，花红，花白，娇嫩得仿佛一个眼神也能融化了它们。

纸糊的窗子上，泊着微茫的晨曦，早起的祖母，站在我们床头叫："起床啦，起床啦，趁着露凉去捉虫子。"

这是记忆里的七月天。

七月的夜露重，棉花的花，沾露即开。那时棉田多，很有些一望无际的。花便开得一望无际了。花红，花白，一朵朵，娇艳柔嫩，饱蘸露水，一往情深的样子。我是喜欢那些花的，常停在棉田边，痴看。但旁的人，却是视而不见的。他们在棉田里，埋头捉虫子。虫子是栖在棉花的花里面的棉铃虫，有着带斑纹的翅膀，食棉花的花、茎、叶，害处大呢。这种虫子夜伏昼出，清晨的时候，它们多半还在酣睡中，敛了翅，伏在花中间，一动不动，一逮一个准。有点任人宰割。

我也去捉虫子。那时不过五六岁，人还没有一株棉花高，却好动。小姑姑和姐姐去捉虫子，很神气地捧着一只玻璃瓶。我也要，于是也捧着一只玻璃瓶。

可是，我常忘了捉虫子，我喜欢待在棉田边，看那些盛开的花。空气中，满是露珠的味道，甜蜜清凉。花也有些甜蜜清凉的。后来太阳出来，棉花的花，一朵一朵合上，一夜的惊心动魄，华丽盛放，再不留痕迹。满田望去，只剩棉花叶子的绿，绿得密不透风。

捉虫子的人，陆续从棉田里走出来。人都被露水打湿，清新着，是水灵灵的人儿了。走在最后的，是一男一女，年轻的。男人叫红兵，女人叫小玲。

每天清早起来去捉虫子，我们以为很早了，却远远看见他们已在棉田中央，两人紧挨着。红兵白衬衫，小玲红衬衫，一白一红。是棉田里花开的颜色，鲜鲜活活跳跃着，很好看。

后来村子里风言，说红兵和小玲好上了。说的人脸上现出神秘的样子，说曾看到他们一起钻草堆。母亲就叹，小玲这丫头不要命了，怎么可以跟红兵好呢？

家寒的人家，却传说曾是富甲一方的大地主，有地千顷，用人无数。在那个年代，自然要被批被斗。红兵的父亲不堪批斗之苦，上吊自杀。只剩一个母亲，整日低眉顺眼地做人。小玲的家境却要好得多，是响当当的贫下中农不说，还有个哥哥，在外做官。

小玲的家人，得知他们好上了，很震怒。把小玲吊起来打，饿饭，关黑房子……这都是我听来的。那时村子里的人，见面就是谈这事，小着声，生怕惊动了什么似的。这让这件事本身，带了诡秘的色彩。

再见到红兵和小玲，是在棉花地里。那时，七月还没到头呢，棉花的花，还是夜里开、白天合。晨曦初放的时候，我们还是早早地去捉棉铃虫。我还是喜欢看那些棉花的花，花红，花白，朵朵娇艳。那日，我正站在地中央，呆呆对着一株棉花看，就看到棉花旁的条沟上，坐着红兵和小玲，浓密的棉叶遮住他们，他们是两个隐蔽的人儿。他们肩偎着肩，整个世界很静。小玲突然看到我，很努力地冲我笑了笑。

刹那间，有种悲凉，袭上我小小的身子。我赶紧跑了。红的花，白的花，满天地无边无际地开着。

不久之后，棉花不再开花了，棉花结桃了。九月里，棉桃绽开，整个世界，成柔软的雪白的海洋。小玲出嫁了。

这是很匆匆的事情。男人是邻村的，老实，木讷，长相不好看。第一天来相亲，第二天就定下日子，一星期后就办了婚事。没有吹吹打打，一切都是悄没声息地。

据说小玲出嫁前哭闹得很厉害，还用玻璃瓶砸破自己的头。这也只是据说。她嫁出去之后，很少看见她了。大家起初还议论着，说她命不好。渐渐的，淡了。很快，雪白的棉花，被拾上田岸。很快，地里的草也枯了，天空渐渐显出灰白，高不可攀的样子。冬天来了。

那是1977年的冬天，好像特别特别冷，冰凌在屋檐下挂有几尺长，太阳出来了也不融化。这个时候，小玲突然回村了，怀里抱着一个用红毛毯裹着的婴儿，是个女孩。女孩的脸型长得像红兵。特别是那小嘴，简直一个模子刻出来的，村人们背地里都这样说。

红兵自小玲回村来，就一直窝在自家的屋子里，把一些有用没用的农具找出来，修理。一屋的乒乒乓乓。

这以后，几成规律，只要小玲一回村，红兵的屋子里，准会传出乒乒乓乓的声音，经久持续。他们几乎从未碰过面。

却还是有意外。那时地里的棉花又开花了，夜里开，白天合。小玲不知怎的一人回了村，在村口拐角处，碰到红兵。他们面对面站着，站了很久，一句话也没说。后来一个往东，一个往西，各走各的了。村人们眼睁睁瞧见，他们就这样分开了，一句话也没有地分开了。

红兵后来一直未娶。前些日子我回老家，跟母亲聊天时，聊到红兵。我说他也老了吧？母亲说，可不是，背都驼了。我的眼前晃过那一望无际的棉花的花，露水很重的清晨，花红，花白，娇嫩得仿佛一个眼神也能融化了它们。母亲说，他还是一个人过哪，不过，小玲的大丫头认他做爹了，常过来看他，还给他织了一件红毛衣。

青花瓷

我们成了，隔着烟雨的人，永远留在十八岁的记忆里。

初见青花瓷，是在米心的家里。

米心是我的同桌。她的名字，我相信，独一无二。至少在我们那个小镇上。

小镇很古，古得很上年纪——千年的白果树可以作证。白果树长在进镇的路口上，粗壮魁梧，守护神似的。有一年，突降大雷阵雨，白果树遭了雷劈，从中一劈两半。镇上人都以为它活不了了，它却依然绿顶如盖。镇上人以为神，不知谁先去烧香参拜的，后来，那里成了香火旺盛的地方。米心的奶奶，逢初一和月半，必沐身净手，持了香去。

小巷深处有人家。小镇多的是小巷，狭窄的一条条，幽深幽深的。巷道都是由长条细砖铺成，细砖的砖缝里，爬满绒毛似的青苔。米心的高跟鞋走在上面，笃笃笃，笃笃笃。空谷回音。惹得小镇上的人，都站在院门口看她。她昂着头，目不斜视，只管一路往前走。

那个时候，我们都是十七八岁的年纪，高中快毕业了。米心的个子，蹿长到一米七，她又爱穿紧身裤和高跟鞋，看上去，更是亭亭玉立，一棵挺拔的小白杨似的。加上她天生的卷发，还有白果似的小脸蛋，更透着一股说不出来的气质。在一群女生里，极惹眼，骄傲的凤凰似的。女生们都有些敌视她，她也不待见她们，彼此的关系，很僵化。

但米心却对我好。天天背着粉红的小书包来上学，书包上，挂着一只玩具米老鼠。书包里，放的却不是书，而是带给我吃的小吃——雪白的米糕，或者，嫩黄的桂花饼。都是包装得很精致的。米心说，他买的。我知道她说的他，是她的爸爸。他人远在上海，极少回来，却源源不断地托人带了东西给米心。吃的，穿的，用的，都是极高档的。

米心很少叫他爸爸。提及他，都是皱皱眉头，用"他"代替了。有一次，米心趴在教室的窗台上，看着教室外一树的泡桐花，终于说出一个秘密，"我上小学的时候，他在上海又娶了女人，不要我妈了，我妈想不开，上吊自杀了。"米心说这些话时，脸上的表情，幽深得像那条砖铺的小巷。一阵风来，紫色的泡桐花，纷纷落。如下花瓣雨。我想起米心的高跟鞋，走在小巷里，笃笃笃，笃笃笃。空谷回音，原都是孤寂。

米心带我去她家，窄小的天井里，长一盆火红的山茶花。

米心的奶奶，坐在天井里，拿一块洁白的纱布，擦一只青花瓷瓶。瓶身上，绘一枝缠枝莲，莲瓣卷曲，像藏了无限心事。四周安静，山茶花开得火红。莲的心事，被握在米心奶奶的手里。一切，古老得有些遥远，遥远得让我不敢近前。米心的奶奶抬头看我们一眼，问一声："回来啦？"再无多话，只轻轻擦着她怀里的那只青花瓷瓶。

后来，在米心的家里，我还看见青花瓷的盖碗，上面的图案，也是绘的缠枝莲。米心说："那原是一套的，还有笔筒啊啥的，是我爷爷留下来的。"

我见过米心的爷爷，黑白的人，立在相框里。眉宇间有股英气，还很年轻的样子。却因一场意外，早早离开人世。至于那场意外是什么，米心的奶奶，从不说。她孤身一人，带了米心的父亲——当时只有五岁的儿子，从江南来到苏北这个小镇——米心爷爷的家乡，定居下来，陪伴她的，就是那一套青花瓷。

米心猜测，"我奶奶，是很爱我爷爷的吧。我爷爷，也一定很喜欢我奶奶的。他们多好啊。"米心说着说着，很忧伤。她双臂环绕自己，把头埋在里面，久久没有动弹。我想起米心奶奶的青花瓷，上面一枝缠枝莲，花瓣卷曲，像疼痛的心。那会儿的米心，真像青花瓷上一枝缠枝莲。

米心恋爱了，爱上了一个，有家的男人。她说那个男人对她好，发誓会永远爱她。她给他写情书，挑粉红的信纸，上面洒满香水。那是高三下学期的事了。那时候，我们快高考了，米心却整天丢了魂似的，试卷发下来，她笔握在手上半天，上面居然没有落下一个字。

米心割了腕，是在要进考场的时候。米心的奶奶，闻到血腥味，才发现米心割腕了，她手里正擦着的青花瓷瓶，"啪"的一下，掉地上，碎了。

米心的爸爸回来，坚决要带米心去上海。米心来跟我告别，我看到她的手腕上，卧一条很深刻的伤痕，像青花瓷上的一瓣莲。米心晃着手腕对我笑着说："其实，我不爱他，我爱的，是我自己。"

十八岁的米心，笑得很沧桑。小镇上，街道两边的紫薇花，开得云蒸霞蔚。

从此，再没见过米心，没听到米心的任何消息。我们成了，隔着烟雨的人，永远留在十八岁的记忆里。

不久前，我回我们一起待过的小镇去，原先的老巷道，已拆除得差不多了。早已不见了米心的奶奶，连同她的青花瓷。

黑白世界里的纯情时光

一旁的油菜花，开得噼里啪啦，满世界的流金溢彩。

这是几十年前的旧事了。

那个时候，他二十六七岁，是老街上唯一一家电影院的放映员。也送电影下乡，一辆破旧的自行车，载着放映的全部家当——放映机、喇叭、白幕布、胶片。当他的身影离村庄还隔着老远，眼尖的孩子率先看见了，他们一路欢叫："放电影的来喽——放电影的来喽——"是的，他们称他，放电影的。原先安静如水的村庄，像谁在池心里投了一把石子，一下子水花四溅。很快，他的周围围满了人，男的，女的，老的，少的。一张张脸上，都蓄着笑，满满地朝向他。仿佛他会变魔术，哪里的口袋一经打开，他们的幸福和快乐，全都跑出来了。

她也是盼他来的。村庄偏僻，土地贫瘠。四季的风瘦瘦的，甚至连黄昏，也是瘦瘦的。有什么可盼可等的呢？一场黑白电

230

影，无疑是心头最充盈的欢乐。那个时候，她二十一二岁，村里的一枝花。媒人不停地在她家门前穿梭，却没有她看上的人。

直到遇见他。他干净明亮的脸，与乡下那些黝黑的人，是多么不同。他还有好听的嗓音，如溪水叮咚。白幕布升起来，他对着喇叭调试音响，四野里回荡着他亲切的声音，"观众朋友们，今晚放映故事片《地道战》。"黄昏的金粉，把他的声音染得金光灿烂。她把那声音裹裹好，放在心的深深处。

星光下，黑压压的人群。屏幕上，黑白的人，黑白的景，随着南来北往的风，晃动着。片子翻来覆去就那几部，可村人们看不厌，这个村看了，还要跟到别村去看。一部片子，往往会看上十来遍，看得每句台词都会背了，还意犹未尽地围住他问："什么时候再来呀？"

她也到处跟他后面去看电影，从这个村，到那个村。几十里的坑洼小路走下来，不觉苦。一天夜深，电影散场了，月光如练，她等在月光下。人群渐渐散去，她听见自己的心，敲起了小鼓。终于等来他，他好奇地问："电影结束了，你怎么还不回家？"她什么话也不说，塞他一双绣花鞋垫。鞋垫上有双盛开的并蒂莲，是她一针一线，就着白月光绣的。她转身跑开，听到他在身后追着问："哎，你哪个村的？叫什么名字？"她回头，速速地答："榆树村的，我叫菊香。"

第二天，榆树村的孩子，意外地发现他到了村口。他们欢呼雀跃着一路奔去，"放电影的又来喽！放电影的又来喽！"她正在地里割猪草，听到孩子们的欢呼，整个人过了电似的，呆掉了，只管站着傻傻地笑。他找个借口，让村人领着来找她。田间地头边，他轻轻唤她："菊香。"掏出一方新买的手绢，塞给她。她咬着嘴唇笑，轻轻叫他："卫华。"那是她捂在胸口的名字。其时，满田的油菜花，噼里啪啦开着，如同他们一颗爱的心。整个世界，流金溢彩。

他们偷偷约会过几次。他问她，"为什么喜欢我呢？"她低头浅笑，"我喜欢看你放的电影。"他执了她的手，热切地说："那我放一辈子的电影给你看。"这便是承诺了。她的幸福，像撒落的满天星斗，颗颗都是璀璨。

他被卷入一场政治运动中，是一些天后的事。他的外公在国外。那个年代，只要一沾上国外，命运就要被改写。因外公的牵连，他丢了工作，被押送到一家劳改农场去。他与她，音信隔绝。

她等不来他。到乡下放电影的，已换了他人，是一满脸络腮胡子的中年男人。她好不容易找到机会，拖住那人问，他呢？那人严肃地告诉她，他犯事了，最好离他远点儿。她不信，那么干净明亮的一个人，怎么会犯事呢？她跑去找他，跋涉数百里，也没能见上一面。这个时候，说媒的又上门来，对方是邻村书记的儿子。父母欢喜得很，以为高攀了，赶紧张罗着给她订婚。过些日子，又张罗着结婚，强逼她嫁过去。

新婚前夜，她用一根绳子拴住脖子，被人发现时，胸口只剩一口余气。她的世界，从此一片混沌。她的灵动不再，整天蓬头垢面地，站在村口拍手唱歌。村里的孩子，和着声一齐叫："呆子！呆子！"她不知道恼，反而笑嘻嘻地看着那些孩子，跟着他们一起叫："呆子！呆子！"一派天真。

几年后，他被释放出来，回来找她。村口遇见，她的样子，让他泪落。他唤："菊香。"她傻笑地望着他，继续拍手唱她的歌。她已不认识他了。

他提出要带她走。她的家人满口答应，他们早已厌倦了她。走时，以为她会哭闹的，却没有，她很听话地任他牵着手，离开了生她养她的村庄。

他守着她，再没离开过。她在日子里渐渐白胖，虽还混沌着，但眉梢间，却多了安稳与安详。又几年，电影院改制，他作为老职工，可以争取到一些补贴。但那些补贴他没要，他提出的唯一要求是，放映机归他。谁会稀罕那台老掉牙的放映机呢？他如愿以偿。

他搬回放映机，找回一些老片子，天天放给她看。家里的白水泥墙上，晃动着黑白的人、黑白的景。她安静地看着，眼光渐渐变得柔和。一天，她看着看着，突然喃喃一声："卫华。"他听到了，喜极而泣。这么多年，他等的，就是她一句唤。如当初相遇在田间地头上，她咬着嘴唇笑，轻轻叫："卫华。"一旁的油菜花，开得噼里啪啦，满世界的流金溢彩。

风过林梢

露天舞台，一盏汽油灯悬着，照着她唇红齿白一张粉嫩的脸，她像开得满满的一枝芍药花。

赫奶奶走了。

这消息让我发了好一阵子的呆。我离开赫奶奶所在的那个小镇，十多年了吧。十年的时光，足以让一个人老去。

我认识赫奶奶的时候，她不过五六十岁。又黑又细的眉毛，弯弯的，像用墨线弹过。配了一对黑珍珠似的眼，望向人的时候，水波潋滟着，孩子般的清澈。她个头中等，身材是恰到好处的丰满。走起路来，像踩着一段舒缓有致的曲子，不疾不徐，有着极美的韵致。想她年轻的时候，一定是个美人。

果真是。

年轻时，她是地方文工团里最红的角儿，舞台上的光芒，盖过天上最亮的星。十八九岁，她甩着粉红的绸帕子唱：

234

风过林梢呀风过林梢，在哪棵树的心底里，留下痕印。我倚门张望呀张望着，郎的身影，何时再经过我门前？

——嗓音清脆甜润，风吹小铃铛般的。露天舞台，一盏汽油灯悬着，照着她唇红齿白一张粉嫩的脸，她像开得满满的一枝芍药花。台下人山人海，脚踩着脚，有时还争吵着要动手，都为要挤到台前去看她。

赫奶奶兴致好的时候，会跟人说一点儿当年事，断断续续的。她嘴角含笑，慢条斯理轻声讲着，讲着讲着，突然顿住，说，不提了，不提了，这些陈年烂谷子，提起要让人笑话的。彼时，赫奶奶在一家单位食堂烧饭。我刚出大学校门不久，分配到那个小镇工作，孤身一人，一日三餐，都在那家单位代伙。见面的次数多了，也就熟稔了。她总是很尊敬地称我丁老师。我脸嫩着，实在不好意思让一个年长者这么叫我，就悄悄跟她商量，赫奶奶，还是叫我名字吧，可好？她却看着我，极认真地说，那哪能呢，不能坏了规矩，你是老师，就是老师。

也认识了她的老伴。大家有时叫他赫爹，多数时候却直呼他，赫老头。

第一次见到赫爹，我很替赫奶奶惋惜，她怎么嫁了这么一个男人！

赫爹长得丑，真丑。瘦弱，矮小，局促狭窄的脸上，布满麻子。偏偏眼睛又小，让你实在分不清，他看你的时候，是睁着眼睛呢，还是闭着眼睛呢。

赫奶奶洞悉我的心思，她瞟一眼在忙碌的赫爹，很平静地解释道，别看我家老头子长得丑，人可好着呢，是这个世上少有的好人。

每天清晨，赫爹必早早来到单位，替赫奶奶生好烧饭的炉子，烧好单位一天要用的开水，熬好粥。并把单位门前的场地，打扫得干干净净。人若问，赫老头，你家赫奶奶呢？他必宠溺地笑，说，她要睡觉的，我让她多睡一会儿。

赫爹的"早市"忙活妥当了，赫奶奶才梳洗一新地姗姗而来。碗筷摆上桌，食堂里，也就陆陆续续坐着吃早饭的人了。赫奶奶也坐在其中，细嚼慢咽地吃早饭。赫爹却仍在忙着，为中午的饭菜做准备，一边等着我们吃好了，他好刷锅洗碗。大家若叫，赫老头，你也过来一起吃早饭啊。他会受宠若惊地笑，连连摆手，不了，不了，你们吃吧，我一会儿回家去吃。

回家吃什么呢？是茶泡饭就咸菜。他一天三顿，从不讲究。但对赫奶奶，却像供着一尊佛似的，零食给预备着，饼干、糖果、瓜子，和应季的水果，从不间断。单位给赫奶奶配了一间休息室，我有时过去玩，赫奶奶会搬出一桌的零食来，招待我。全是我家老头子买的，她说。

他们的家住在小镇附近，有农田好几亩，都是赫爹种着。

赫爹专辟了地，种赫奶奶喜欢吃的瓜果菜蔬。遇到时新的菜蔬，也给单位食堂免费送一些，蚕豆上市了送蚕豆，番茄上市了送番茄。大家吃着鲜活的菜蔬，不免对赫爹说些感谢的话。赫爹就变得异常慌乱，连连摆手，不谢，不谢，自己种的，不值钱的。赫奶奶不无得意地对人说，我家老头子种田可是一把好手，长的蔬菜啊庄稼啊，都比邻居家的要好。

姚爹突然出现了。姚爹长相斯文，衣着整洁，皮肤白皙，身板儿笔直笔直的。乍一见，像浸润在中草药中多年的老中医，仙风仙骨的。

起初我以为他是赫奶奶的亲戚，像赫奶奶那样标致的人，有这样的亲戚，也是不足为怪的。但后来，三天两头会见着他。他来，大家都很客气地叫他姚爹，很熟悉的样子。他蹲在屋檐下，帮赫奶奶择菜，一边跟赫奶奶说着话，轻声慢语的。若是碰上赫爹来，彼此都会很热络地打招呼，一团和气。

也就听人隐约提起，说他是赫奶奶年轻时的相好。

曾同在一个文工团待着，赫奶奶是台柱子，他是管乐器的，拉得一手好二胡。还兼着写剧本、作曲和排戏，是有名的才子。他写一折《风过林梢》的戏，是歌唱婚姻自由的。那时刚解放，宣扬男女平等，恋爱自己做主。这出戏，很合时宜。赫奶奶是主演，很快引起轰动，一天一场地演，有时还要加演。

两个年轻人日日见着，生了情合了意。也未曾有过承诺，未曾有过誓言，但就是很愿意在一起。有时，他们头挨头地，研究台词唱腔。有时，也没什么事，只偶尔说上一两句无关紧要的话，彼此看着，笑笑，也是好的。看见他们的人，都觉得他们很般配，私下里想着，这两个人要是能够结婚，真像云朵配上云朵、花儿配上花儿呢！

赫奶奶的父母，却突然来到文工团，强行把赫奶奶带回家。他们早已把她暗许了姓赫的一户人家，是早年受过赫家恩惠的。一贫如洗的岁月里，他们夫妇领着幼儿逃荒，差点饿死在荒郊野外，是赫家的一升荞麦，救了他们全家性命。赫家当时有子女六个，最小的赫爹，三四岁了，丑丑的一个小孩，拖着两行鼻涕望着他们。赫奶奶的母亲刚好有孕在身，就指着腹中胎儿，对赫家说，他日，若生了姑娘，就给你们家这个老幺做媳妇儿。

赫奶奶从小也是耳闻过的，只不当真。但她的父母却认了真，耳里听到一些风言风语，着了急，就商量着让赫家来带人。赫奶奶哭过、闹过、绝食过，但她母亲的性子比她更强，一把菜刀架在自己的脖子上，对赫奶奶说，姑娘，你这条命，也是赫家给的，你要是让我们做背信弃义的事，我就立刻死在你跟前。

赫奶奶哭哭啼啼地嫁了。赫爹像捡到珍宝似的，小心轻放着。日子久了，赫奶奶委屈的心，渐渐平复。

姚爹在赫奶奶嫁人后，颓废了好长一段时间，他二胡不拉了，剧本不写了，曲子不编了。一年后，他也离开了文工团，到一所偏远的乡村小学，做了名音乐老师。

他与赫奶奶再次相逢，是他被批斗得最为惨烈的时候。因有个舅舅在海外，他成了走资派。又因他是个搞音乐的，说他宣扬靡靡之音，罪名更大。他天天挨批，头发被剃光了，肋骨被打断了，躺在黑屋子里，一心求死。赫奶奶来了，带着她做的糯米点心，那是他爱吃的。见了她，他仿佛在寒冬里，望见了春天的一抹柳枝绿。

他没有再寻死，咬着牙撑一撑，那段岁月，也就过去了。春和景明时，他搬到了赫奶奶所在的这个镇子，与赫奶奶一家，往来频繁。赫奶奶的孩子，都尊称他，姚叔。

却一直未曾婚娶。赫奶奶热心地帮他穿针引线过，他也对一个离异的女同事有过好感，两人相处过一段日子，后来却不了了之。从此，他再不提婚姻之事。他种花养草，写写曲子，拉拉二胡。闲时就跑过来看看赫奶奶，青天白日，光明磊落。小镇人起初对他们还有闲言，但他们的坦然，倒容不得别人再说什么了。大家暗地里都说赫奶奶有福气，两个男人都对她这么死心塌地。

我离开小镇的那年冬天，赫爹突发脑溢血而亡。大家都心照不宣地想，姚爹终于守得云开月明时，这下子，赫奶奶肯定要和他在一起了。赫奶奶的儿孙们，也都有这个意思，极力撮合他们。

赫奶奶却摇头，坚决地说不，她说她不能对不起老头子，他做了一辈子老实人，对她好了一辈子。

赫爹走后，赫奶奶辞去了食堂烧饭的差事，一下子老了许多，老是丢东忘西，记不住事情。姚爹天天去陪她，买了零食带过去，饼干、糖果、瓜子，和应季的水果。赫奶奶吃着零食，吃着吃着，会错把姚爹喊成赫爹。

赫奶奶的葬礼上，姚爹拉了当年的曲子《风过林梢》。这是赫奶奶临终时要求的。姚爹拉着拉着，一滴泪，很亮的，滑落在二胡的弦上。

花样年华

以为已遗忘掉的，却不料，轻轻一触，往昔便如杨絮纷飞，漫山遍野都是。

这个故事，是我七十岁的老父亲讲给我听的。

故事的主人公，是我父亲小学时的同学。他们多年不遇了，某天，这个老同学突然找了来。两个须发皆白的老人，在秋日的黄昏下，执手相看，无语凝噎。岁月的风，呼啦啦吹过去，就是一辈子。

他来，是要跟我父亲讲一个天大的秘密。他怀揣着这个秘密，日夜煎熬。这个秘密，不可以对妻讲，不可以对儿女讲，不可以对亲戚朋友讲。唯一能告诉的，只有我父亲这个老同学了。

我父亲搬出家里唯一一瓶陈年老酒，着我母亲炒了一碟花生米和一碟鸡蛋，他们就着黄昏的影子，一杯一杯饮。夕照的金粉，洒了一桌。我父亲的老同学，缓缓开始了他的叙述。

四十多年前，他还是个身材挺拔的年轻人，额角光滑，眼神熠熠。那时，他在一所中学任代课教师，课上得极有特色，深得学生们热爱。

亦早早结了婚，奉的是父母之命、媒妁之言。女人是邻村的，大字不识一个，性格木讷，但长得腰宽臀肥。父母极中意，认为这样的媳妇干活是一把好手，会生孩子，能旺夫。他是孝子，父母满意，他便满意。

婚后，他与女人交流不多，平常吃住在学校，只周末才回家。回家了，也多半无话。他忙他的，备课，改作业。女人忙女人的，家里鸡鸭猪羊一大堆，田里的庄稼活也多。女人是能干的，把家里家外收拾得妥妥帖帖。他对这样的日子，没有什么可嫌弃的，直到他陷入到一个女学生的爱情中。

女学生是别班的，十九岁，个子高挑，性格活泼，能歌善舞。学校元旦文艺演出，他和她分别是男女主持。她伶俐的口才、洒脱的台风，让他印象深刻。他翩翩的风采、磁性的嗓音，让她着迷。那之后，他们渐渐走近了。说不清是什么感觉，见到她，他是欢喜的，仿佛暮色苍苍之中，一轮明月突然升起，把心头照得华美透亮。她更是欢喜的，看见他，一个世界都是金光闪闪的。她悄悄给他织围巾和手套，从家里做了雪菜烧小鱼带给他。课余时间，他们一起畅谈古今中外名著，一起弹琴唱歌。花样年华，周遭的每一寸空气，都是香甜的。

242

他们爱了。在女学生毕业的时候，他犹豫再三，回去跟女人提出离婚。女人低头切猪草，静静听，一句话也没说。却在他回学校之后，用一根绳子结果了自己的性命。

晴天里一声霹雳，就这样轰隆隆炸下来，他的生活，从此无法复原。女学生悄然远走，像一粒尘，掉进沙砾中，转瞬间消失得无影无踪。他背负着"陈世美"的骂名，默默独自生活了十年后，才又重新娶妻。妻是外乡人，忠厚老实，不介意他的过往。就冲着这一点，他对妻是终身感激的。

很快，他有了儿子。隔两年，又有了女儿。儿子渐渐大了。女儿渐渐大了。小家屋檐下，他勤勤恳恳生活着。年轻时那场痛彻心扉的爱情，早已模糊成一团烟雾。偶尔飘过来，他会怔上一怔，像想别人的事。那个女学生的面容，他亦记不起了。

他做梦也没想过他们会重逢。当年，她与他分手时，已怀上他的孩子，她没告诉他。一个人远走他乡，生下儿子。因心里念着他，她一直没结婚，历尽千辛万苦，独自抚养大了儿子。儿子很争气，一路读书读到博士，漂洋过海去了美国创业，自己开一家公司，生意做得如火如荼。

她把一切对儿子和盘托出，携了儿子来寻他。老街上，竟与在购物的他不期而遇。隔着人群，她一眼认出他，走到他跟前，颤抖着问，你认得我吗？他傻愣愣地看着眼前这个华贵的妇人，摇摇头。

她的泪，落下来，纷乱如雨。她只说一句，你还记得当年的那个女学生吗？再说不出第二句话来。他只听到哪里"啪啦"一声，记忆哗啦啦倾倒下来，瞬息间把他淹没。以为已遗忘掉的，却不料，轻轻一触，往昔便如杨絮纷飞，漫山遍野都是。

她说，等了一辈子，只求晚年能够在一起，哪怕不要名分，就砌一幢房，傍着他住，日日看见，便是心安。或者，他们一起去美国，和儿子在一起。他的心被铰成一块一块，他多想说，好，我不会再让你等了。却不能。他有妻在家，他不能丢下。

她怅然离去。离去后不久，美国的儿子来电，说她走了。来见他时，她已身患绝症。死前绝食，说生的无趣。却一再关照儿子，要每月记得给他寄钱用。

他躲到没人处，痛哭一场，曾经的花样年华，都当是一场梦。回家，妻端水上前，惊问，你的眼睛怎么红了？他答非所问，环顾左右，说，饭熟了吧？我们吃饭吧。

你在，世界就在

你要一直一直好好的啊。因为你在，他的世界就在。

乡间的土路，有些坑坑洼洼。偶有车路过，扬起一地的尘。路两边，不时可见梧桐树，顶着一头紫色的花。农田里，一片繁茂。油菜花还在一心一意开着。麦子快灌浆了。

这是丰县的乡下，一个叫首羡的小镇。村庄低矮，房子三三两两，挤在一块儿，平房占大多数，红瓦盖顶，相互偎依。从一条巷道进去，野草野花，在两旁的院墙边茂密。人家的草垛子上，竟也趴着开好的小野花，撑着黄艳艳的小脸蛋，笑盈盈的。

不见多少人，青壮年都外出打工去了，村庄静悄悄的。几个妇人，在自家院落里洗洗涮涮，一些碧绿的菜蔬晾在砖堆上。想来是大葱吧。这里，家家都长大葱的，是家庭收入很大的一笔。

外人来，狗最先发现。家家都有狗，叫得兴奋。里面一声断喝，那狗委屈地"呜呜"两声，自觉没趣，摇摇尾巴，退一边去了。院门口探出头来，端着一张朴实憨厚的脸，冲着你，很不好意思地笑着，仿佛不是你惊扰了他，而是他惊扰了你。

孙厚民就是这样笑着迎出门来的。

初见他，我有点惊讶。是惊讶他脸上的那种淡定和平和。怎么会呢？来之前，我是做好心理准备，准备看一张饱经沧桑的脸的。二十多年来，它被岁月的苦难泡着，被不幸日日纠缠着，怎么说，也该是黯淡的辛苦色，苍老着，愁怨着。我甚至想好一些话来安慰，诸如，一切都会好起来的，活着就是最大的好之类的。

他伸手来握，手很有力。他笑着把我们往院子里让，嘴里说着，请家里坐，家里坐。

小院子不见特别，是乡下那种常见的小院落。泥地清扫得很干净，院子里有树，有花，有菜蔬，还有狗。他的女人"坐"在屋子前晒太阳。前阵子刚下过雨，现在出太阳了，他就抱她出来晒晒太阳。

女人短发，黑里面隐约有了点点的白。也快五十的人了。太阳光碎碎地铺在她脸上，小鱼般地跳跃着，一起跳跃着的，还有她的笑。那笑，很暖，很干净。女人的穿着亦是整齐干净的，若不是她像摆放的家什般的，"坐"那里一动不动，我还真不拿她当病人。她笑着说，坐啊，坐啊，你们请家里坐啊。说时也只嘴在动，她整个的身子，除了头能左右稍稍转动外，别的，都像被螺丝钉给固定住了。

两间小屋，算是正屋。家具简陋，桌椅和床铺，外加一张破旧的沙发。小屋的墙上，糊满年画，和孩子念书时得的奖状，花花绿绿着。孩子也只念完初中，就外出打工去了。我家这个样子，他哪能再念书呢，没钱供呢。孩子也懂事，不想念了的，孙厚民说。愧疚和心疼，让这个男人，第一次收敛起笑容，现出难过的样子。

吃饭的碗里盛着白开水，他拿这个招待我们。你们喝水呀，喝水呀。——他有些羞赧。女人替他把话说了，女人说，到我们家都没好东西招待你们。

二十多年里，他们没添过一件新衣，没添过一件新家具。家里的吃喝全系在几分地上，种点粮食，种点葱，种点蒜。——他也只能间或去地里转转。离开女人的时间，绝对不能长，女人实在保护不了自己。连家里养的羊都可以欺负她，拿她的手指当奶嘴啃，啃得血淋淋的。她疼，却动弹不了，只能任由小羊啃。

说起这个，孙厚民心疼得眉头紧皱，再不敢离她左右。世界就剩下小院落那么大，就剩下她。每隔两小时，他要帮她改变一下姿势，不然她会生疮的。冬天要抱她出来晒太阳，夏天要替她把扇子。一日三餐，餐餐要喂。自她患病后，他从未睡过一个整夜觉，每隔两小时就会醒过来，像上了发条的闹钟，多年来已成习惯了。

　　苦吗？这么问他时，他低头，只是笑。——若说不苦，还真有点假。半夜三更，他也曾泪洒枕头。可有什么办法呢？老天爷给他设了这么大一道坎，他也只能尽力迈过去。——还是庆幸了，这算不上最坏的结局，毕竟人还在。她在，世界就在。

　　说起从前的相识相知，他笑，她也笑。那是映在他们心头的明艳，照耀着他们一路前行。二十多年前，他高中毕业，学得电焊手艺，人又生得挺拔俊朗，是乡下后生里很出色的一个了。她也不差，姑娘里头的一枝花，人又勤快。媒人牵头，他们只一照面，就都入了彼此的眼，很快喜结连理。日子虽清苦，但两个年轻人的憧憬很丰满，他在外打工赚钱，她在家侍弄庄稼鸡羊，不愁不富起来。到时盖幢漂亮的房子，养个胖胖的娃，多美好啊！

　　这年年底，娃也真的来了。伴随着娃来的，却是女人的全身疼痛和瘫痪。他倾家荡产，还借了不少外债，带她走南闯北去看医生。什么民间偏方都试过。还曾学会打针，给她一打，就是三年。然最终医学上却给她判了无期，这种十几万分之一的颈肌萎缩症，至今尚无方子可寻。

　　认命吧。——孙厚民认了。那时他多年轻哪，才三十岁不到，狠狠心，一出门不回头，这苦难也就避开去了，他可以重辟他的好天地。可是，良心不安哪，一日夫妻百日恩啊，她已经是他的亲人了，他不能撒手不管。

这一管，就交出了一辈子。

问他，这是爱情的力量吗？这个朴实的汉子笑着连连摆手，谈不上，谈不上，只要看到她好好地在着呢，就觉得很好了。

女人跟着笑。他们都羞谈爱情。女人说，哎呀，我总是做着那样的梦，梦见我能跑能跳了。——她多想报答他，换了她来伺候他。

他把她从太阳底下抱回来，放到沙发上，给她搁好手脚，垫好靠背、枕头，打趣她，你还想跑哪里去啊。

看着他们，我眼睛微湿。我很想对他表达一下我的感动，想对他说伟大啊崇高啊什么的。结果，我什么也没说。我只是伸手抚抚女人的头，在心里默默祝福了她，你要一直一直好好的啊。因为你在，他的世界就在。

第七辑
当华美的叶片落尽

当华美的叶片落尽，生命
的脉络才历历可见。

向着美好奔跑

生活或许是困苦的、艰涩的，但心，仍然可以向着美好跑去。

阳光的影子，拓印在窗帘上，似抽象画。鸟的叫声，没在那些影子里。有的叫得短促，唧唧、唧唧，像婴儿的梦呓。有的叫得张扬，嗒嗒、嗒嗒，如吹号手在吹号子。

我忍不住跑过去看。窗台上的鸟，"轰"的一声飞走，落到旁边人家的屋顶上，叽叽喳喳。独有一只鸟，并不理睬左右的声响，兀自站在一棵矮小的银杏树上，对着天空，旁若无人地拉长音调，唱它的歌。一会儿轻柔，一会儿高亢，自娱自乐得不行。

鸟也有鸟的快乐，如人。各各安好。

也便看到了隔壁小屋的那个男人，他正站在银杏树旁。——我不怎么看得见他。大多数时候，他小屋的门，都落着锁，阒然无声。

搬来小区的最初，我很好奇于这幢小屋，它的前面是别墅，它的后面是别墅，它的左面是别墅，它的右面还是别墅。这幢三间平房的小屋，淹没在别墅群里，活像小矮人进了巨人国。

也极破旧。墙上刷的白石灰已斑驳得很，一块一块，裸露出里面灰色的墙面。远望去，像一堆空洞的眼睛，又像一堆张开的喑哑的嘴。屋顶上，绿苔与野草纠缠。有一棵野草长得特别茂盛，茎叶青绿，在那里盘踞了好几年的样子。有时，黑夜里望过去，我老疑心那是一只大鸟，蹲在那儿。孤单着，独自犹疑着，不知飞往何处去。他的小屋，没有灯光。

隐约听小区人讲过，他的父母先后患重病去世，欠下巨额债务，家里能变卖的东西，都变卖了。妻子耐不住清贫，跟他离了婚，并带走他们唯一的女儿。他成天在外打工，积攒着每一分钱，想尽早还清债务，接回女儿。

他的小屋旁，有巴掌大一块地，他不在的日子，里面长满野藤野草。现在，他不知从哪儿弄来一把锄头和铁锹，一上午都在那块地里忙碌，直到把那块地平整得如一张女人洗净的脸，散发出清洁的光。

他后来在那上面布种子，用竹子搭架子。是长黄瓜还是丝瓜还是扁豆？这样的猜想，让我欢喜。无论哪一种，我知道，不久之后，都将有满架的花，在清风里笑微微。那我将很有福气了，日日有满架的花可赏，且免费的。多好。

男人做完这一切，拍拍双手，把沾在手上的泥土拍落。太阳升高了，照得他额上的汗珠粒粒闪光。他搭的架子，一格一格，在他跟前，如听话的孩子，整齐地排列着，仿佛就听到种子破土的声音。男人退后几步，欣赏。再跨前两步，欣赏。那是他的杰作，他为之得意，脸上渐渐浮上笑来。那笑，漫开去，漫开去，融入阳光里。最后，分不清哪是他的笑，哪是阳光了。

生活或许是困苦的、艰涩的，但心，仍然可以向着美好跑去。如这个男人，在困厄中，整出了一地的希望。——一粒种子，就是一蓬的花、一蓬的果、一蓬的幸福和美好。

当华美的叶片落尽

当华美的叶片落尽，生命的脉络才历历可见。

今冬南方的第一场雪，来得毫无预兆，突如其来。

之前，也不过是稍稍落了点雨，刮了点风，降了点温。人们在羊毛衫外面，套件厚外套，也就能抵御这样的冷了。——真正的冬天，尚隔着一段距离。

谁知，就下雪了呢！

真正叫人一点准备也没有。情绪根本来不及调动，就那么瞠目结舌地看着雪，迅速地落下，落在同样手足无措的房屋和树木顶上，敷一层薄薄的白。

这场雪，来得快，去得也快，前后只持续了两三个小时。待你反应过来，想再好好看看它，它早已消失殆尽。眼前的房屋还是那样的房屋，树木还是那样的树木，人还是那样的人，一切似乎未曾改变。可是，却因这一场雪，心情到底有些不一样了，愕然、惊喜、惆怅、伤感、追忆、怀念……诸般滋味，混杂在一起，也不大说得清了。

生命中，总有些什么，是这么的突如其来。

就像，它的突然别离。

也还记得，与远在河北的它，初次相遇。那时，我还年轻着，写着一些小文字，也只写给自己看。偶尔的，会投稿，只投给本省的《扬子晚报》副刊。一天，一位文学上的前辈指点我，说我的文字，很适合它的随笔版。

我于是专门去了一趟图书馆，"拜访"它。其时，它像个憨厚的乡下少年，蹲在一堆花花绿绿的报刊中，不炫目，不耀眼，却眉眼干净，叫人顿生好感。从此，与它结缘。

那会儿，稿子还都是靠手写。每次给它投稿，我都是一笔一画，认真地在稿纸上誊清。然后，跑去邮局，伏在邮局高高的柜台上，在信封上郑重地写下它的名字和地址。因它在，河北石家庄那个地方，与我，不再陌生。从它那里吹过来的风，都是带着好意的。

很自然的，与它的责编李晓娜，也就相识了，并成了神交。我们间或有书信邮件往来，简短的一些问候，她说她的石家庄，我说我的江苏。话也无须多，彼此的心意，都懂的。我们想象着对方所在的地方，想象着对方走着什么样的路、看着怎样的天空。我们中间隔着的山山水水，也似乎都变得有情有义起来。

我从没想过，有一天，它会突如其来地转身、远走，再不相见。

　　我的情绪，一度被它的突然别离，染上悲伤色了。没有别的法子可解，在下过第一场雪的静夜里，我读诗。读到聂鲁达的，他也在说别离：

> 在双唇与声音之间的某些事物逝去
>
> 鸟的双翼的某些事物，痛苦与遗忘的某些事物
>
> 如同网无法握住水一样
>
> 当华美的叶片落尽
>
> 生命的脉络才历历可见

　　生命中的逝去和别离，原是生命的常态。这世上，水在流，云在走，哪有什么会一直待在原地等你。花开有度，聚散有时。也许，我们都该庆幸，在生命中遇到彼此，相互取过暖，相互照亮过，我们的生命，才变得脉络分明。

　　人生原不必过分贪求一生，能够共走一程，已是天大的缘分，足以值得感激的了。

灵魂在高处

尽管我们有时身处劣势，但灵魂仍可以向着高处奔去，活出属于我们自己的庄严和优雅。

每逢逛超市，我总要先奔着一叠碟子去，看看货架上有没有上新款，看看有没有我一见倾心的。

我站在一叠碟子跟前，像突然间闯入一座大花园的蝴蝶。满园的花开灼灼，这朵丰腴，那朵明艳，再一朵巧笑嫣然，可怜的蝴蝶，彻彻底底被快乐冲昏了头，不知先落在哪一朵上才好。

这么多的碟子，这么的多！千娇百媚，风情万种。每一次，我都要自己跟自己做斗争，不买了吧，不买了吧，家里的柜子里，实在装太多了。但最终，我都不能把持住自己，管不住的，没用的。我像个沉溺于爱情中的小女孩，但凡有一点点关于他不好的话，是半句也听不进去的。不单单听不进去，还偏要拗着来。你们不肯我跟他好？我偏要跟他好，天崩地陷刀山火海，我都愿意。他醒着是好，睡着是好，坐着是好，站着是好，即便坏起来，也还是好，全世界，只他一个好。

是啊，只有它，独一无二。亲爱的碟子，我的爱！我要带它回家。

我如愿以偿。

我找洁净的布，把碟子擦洗得干干净净。我在里面装上我爱的小吃，葡萄、大枣，或是饼干、蛋糕。我坐在桌边，看一眼书，看一眼它。碟子真像是盛开在桌上的花朵啊，甜美，可人。装在里面的寻常小吃，也跟着变得灵动起来，都长着一对丹凤眼似的，冲我含情脉脉。简朴的日子，因了一只碟子，竟华丽丽得很了。一同华丽起来的，还有我的心。我觉得，没有比这更好的日子了。

很自然的，我又想到我的祖母。过去年代，大家都穷，我们家孩子多，尤其穷。一日三餐，简陋得不能再简陋，天天喝着稀稀的山芋粥，喝得人没了精神。祖母隔三岔五的，便变着花样，做点美食安慰我们，炸山芋条，或煎山芋饼。山芋条和山芋饼，都拿漂亮的碟子装了。那几只碟子，是青花瓷的，上面盘着靛蓝的花。花瓣儿瘦瘦的、长长的，是恨不得伸到碟子外头来的。那是祖母当年的陪嫁。祖母一直小心收藏着，过些日子，就让它们出来派派用场。这时候，我们就变得欢乐无比，吃着用碟子装着的普通食物，生活有了不一样的滋味。那是苦寒里的暖、长夜里的光。

　　就像我在一摆水果摊卖水果的女人唇上，看到一抹红。那显然是精心涂上去的口红，在她粗糙的脸上，那么耀眼闪烁。周围的混杂和乱哄哄，也湮没不了那种美丽。它让我每想起一回，就感动一回。尽管我们有时身处劣势，但灵魂仍可以向着高处奔去，活出属于我们自己的庄严和优雅。

贺卡里的宛转流年

时光是只橹摇的船，咿咿呀呀的，这边还没在意，它已摇过一片水域去了。

第一张贺卡，是送给我的语文老师的。

那时，我在乡下中学读初中，语文老师是新分配来的大学生，说一口流利的普通话，弹一手好钢琴，朗诵的声音像电台播音员，他很快赢得了我们所有学生的喜欢。新年了，我很想送他一件特别的礼物，然乡下孩子，穷，有什么可送的呢？刚好我的一个同学在城里的舅舅，给我的同学寄来一张贺卡。那是我第一次见到贺卡，浅白的底子上，飘着一盏盏红灯笼，真别致啊。

当时，贺卡只在城里有，乡下没得买。我挖空心思说服父亲陪我进城，手里紧紧攥着平时积攒下来的碎币。城里的五光十色是来不及看的，一头奔了贺卡去，细细挑，慢慢选。最后

262

选中一张，画面上，一个小女孩半蹲着，在吹蒲公英，她身后的草地，碧绿青翠，一望无际。我只觉得美，只觉得它很配我的老师。回家，我在上面工工整整地写下一行字："敬爱的老师，喜欢您！祝您新年快乐！"想了想，最终没署名。想我的老师到现在，也不知道是谁送他那张贺卡的吧。年少时喜欢一个人，很圣洁，把他当作心中的神。

高中时，有同学在一张贺卡上写了一阕词："谁翻乐府凄凉曲，风也萧萧，雨也萧萧，瘦尽灯花又一宵。"只看一眼，心肺便被贯穿，我后来才知那是纳兰性德的词。同学把这张贺卡当作新年礼物送我，他说："不久的将来，我们都老了。"我听了，心里划过一道深深的波，每滴每滴，都是疼痛的惆怅，一瞬间，仿佛老了去。现在回头看，有的，只是微笑与感动。青春无敌，哪怕是忧伤，哪怕是疼痛。

读大学时，我曾寄过贺卡给我的父亲。在贺卡上，我很是郑重地写下"父亲大人"这几个字。贺卡飞到我在的那个小村庄，引起不小的轰动。乡人们哪见过这个呀，且称自己的父亲为父亲大人。我父亲从村部取回贺卡，一路之上，不断有人索要了看，他们一脸羡慕地对我父亲说："你家丫头出息了。"这让我的父亲非常得意，那张贺卡，父亲一直收藏着。我现在每次回家，他都要说起，脸上的表情很沉醉很生动。这让我很怀念那时的自己，那么单纯懵懂地对待这个世界，一往无前。

时光是只摇橹的船，咿咿呀呀的，这边还没在意，它已摇过一片水域去了。很快，我大学毕业了，工作了。头几年，真是热闹，同学之间书信往来不断，过年时，贺卡更是少不了的，我会收到一堆，也会寄出一堆。去买贺卡，慎重得不得了，一定挑了晴天丽日去，一家店一家店去淘，一张一张地精挑细选，在脑子里回想同学的模样，和他们的糗事，一个人，偷偷笑。

贺卡买回来，先自个儿欣赏了。然后净手，开写。在夜晚，在灯下，是最好的。那时，一个天地都是宁静的，思绪可以放牧得很远。白天就在脑中构思好的一些话，掏出来，左斟酌、右思量，这才在贺卡上写下。贺卡寄出了，一颗心，也随之放飞了，那种喜悦与真诚的祝福，无与伦比。

后来，成家了，渐渐被红尘俗事淹没，再没了那颗欢愉和跳跃的心。同学之间的联系，越来越稀疏，直至无。

也会在新年里，收到贺卡，是我的学生或读者寄来的。贺卡一律的喜气洋洋、花团锦簇，大好的年华，开在上面。我对着它们看，心中轻轻淌过一条岁月的河。谁还在贺卡里巧笑倩兮？一地落叶黄，宛转流年，流年宛转。

牛皮纸包着的月饼

我们的心，开始生了翅膀，朝着一个日子飞翔。

朋友去北京，给我带回两盒包装精美的月饼。红漆木盒装着，华丽、雍容。

揭开盒盖，不多的几只月饼，躺在质地柔软的丝绒上，是皇家女儿，金枝玉叶着。

洗净了手，和家人带着虔诚的心，切了一只月饼来尝。为此，我还特地拿出宝贝样收藏着的印花水晶盘，把月饼摆成菊的模样。一家人欢欢喜喜拿了吃，鱼翅做的馅，味道怪异，家人都只吃了一口，就放下了。我坚持吃两块，但终究，也受不了那份怪异。余下的，狠狠心，丢进垃圾筒。丢的时候，我祖母似的念叨，作孽啊作孽啊。

便格外怀念起小时的月饼来。是些小作坊做的，用桂花或松仁做馅，外面的面粉，层层起酥，洇着金黄的油。看着就让

265

人垂涎欲滴。

在中秋前一个星期，村部的唯一一家小商店，就把月饼买回来了。散装的，搁在一个大缸里。我们放学时从商店门口过，可以闻得见空气里的月饼味，香甜香甜的，很浓。探头去看，总看到面皮白白的店主，在用牛皮纸包装月饼，五个一包，十个一包。他动作舒缓，在那时的我们眼里，那动作无疑是美的，充满甜蜜的味道。我们的心，开始生了翅膀，朝着一个日子飞翔。

终于等到中秋这一天了。起早祖父就答应了的，晚上，每人可以分到一个月饼。那一天，我们再没了心思做其他的事，只盼着月亮快快升起来。等月亮真的升起来了，我们不赏月，眼睛都聚到门口的小路上。祖父出现了，手里提着用牛皮纸包着的月饼，隔了老远，我们都能闻到月饼的味道。兄妹几个，跑过去迎接，在他身边跳。祖父说，小店里挤满了人，好不容易才买到月饼。语气里有得意，仿佛他做了一件很了不得的事。

煤油灯下，祖父小心地揭开一层一层的牛皮纸，我们得到了向往中的月饼，用小手托着，日子幸福得能滴出蜜来。母亲在一边教育我们，好东西要留着慢慢吃。于是我们把月饼分成一点一点的碎屑，舔着吃。总能把一个月饼吃到第二天，甚至第三天。

大人们也一人一个月饼，但他们多半舍不得吃，藏着，只等我们嘴馋了时，分了去吃。但生活的琐碎和忙碌，会让他们忘掉藏月饼这件事。我祖母有一次藏了一个月饼，等她记起时，月饼上面已长了很长的毛了，不得不扔掉，一家人为此痛心了好多天。

祖母也曾把月饼分送给邻家两个孩子，那两个孩子跟着寡母过活，自是没钱买月饼。中秋时，别人家欢歌笑语，他们家却冷冷清清的。祖母说，可怜啊。遂踮着小脚，给他们送了月饼去。回家来安慰我们，让别人吃掉，比自己吃掉好。那时年幼，不明白这句话，现在想想，祖母说的是帮人的快乐啊。如今那两个孩子早已长大，都出息了，一个在南京，一个在杭州。我祖母在世的时候，他们每年回来，都会去看看她。他们说，忘不了小时候用牛皮纸包着的月饼。

感恩的心

原来，这世上，有一种感恩，叫好好活着。

那是微雨的八月天，我从天目湖归来。一车的人，倦倦的，不是去时的兴致了。去时都带着满头满脑的新鲜，那时，天目湖还是未相识。归来时，已是旧相知了。

车上的电台里，不停地放着歌。有我会唱的，也有不会唱的，也便可有可无地听着。窗外的雨，细细的。我看着窗外，思绪陷入一方空白里。是万紫千红开遍后的那种空白，苍茫、辽阔，热闹散尽。有安稳的静。

换歌了。苍郁的女声。凝重的旋律。铺天盖地而来，无法抵御。仿佛云端里突然落下一场雪，白而厚的。又好似，一场秋风瑟瑟后，茅屋里，有炭炉燃着，红红的火星子，在扑扑跳跃。心，刹那间被一种巨大掩埋。这种巨大是什么呢？是雪的白，是炭火的红，是母亲烙的玉米饼的热，是久违朋友遥遥的一声问候：你好吗？

我好吗？——我，很好的。这样答着，就有感动的泪，欲流下。这世上，因关爱而生暖，因暖而生感激，因感激而生感恩，这才有了生生不息的美好和存在。

急急地探寻这首歌的歌名，用心记下，竟是一首《感恩的心》。回家，不及整顿旅途的劳累，就上网搜索了这歌，一遍一遍地播放。"我来自偶然，像一颗尘土，有谁看出我的脆弱？我来自何方，我情归何处，谁在下一刻呼唤我……"曲调温婉、凄美，却又透出一股子的力量，是绵软的蒲丝里，藏了坚韧。

歌里的故事，让人唏嘘：

天生失语的小女孩，与年轻的妈妈相依为命。年轻的妈妈每天辛苦地外出找工作，回家时，总会给她捎上一块绵软的年糕，那是小女孩最爱吃的。这块小小的年糕，成了小女孩一天中最快乐的等待。

一个大雨天，出了门的妈妈，却再也没回来。小女孩等啊等啊，盼啊盼啊，雨越下越大，夜越来越深，妈妈还是没有回来。小女孩就沿着妈妈外出的路，去找。半路上，她发现妈妈躺在路边。她以为妈妈睡着了。她把妈妈的头，抱起来，枕到自己的腿上，想让妈妈睡得舒服一点。但她忽然看到，妈妈的眼睛，是睁着的，一动不动。她意识到，她亲爱的妈妈，可能已经死了。她使劲拉着妈妈的手摇晃，试图唤醒妈妈，却不能够。妈妈的手里，还紧紧攥着一块她爱吃的年糕。

小女孩哭了很久很久。她知道，妈妈走了，这世上，只剩她一个人了，她要勇敢起来，让妈妈放心。于是，小女孩站起来，站在妈妈跟前，用手语，一遍一遍告诉妈妈："感恩的心，感谢有你，伴我一生，让我有勇气做我自己……感恩的心，感谢命运，花开花落，我一样会珍惜……"泪水和雨水混合在一起，从小女孩小小的却写满坚强的脸上滑过，她就这样站在雨中，不停地"说"着"说"着，直到妈妈安详地闭上眼睛。

这世上，有一种感恩，叫好好活着。你给了我生命，给了我阳光雨露，而我，能给你什么呢？在我要给你的时候，或许你已悄然离去，我唯有，好好活着。

有时，勇敢而坚强地活着，就是对爱你的人，最大的报答。

留 香

有客来，她微笑着招待，不言不语，却在举手投足间，给人以微风轻拂湖面的感觉。

知道一种叫留香的米糕，缘于我的一个学生。学生到我这里来上写作课，每周一次，在周日下午。

周日这天，午饭的饭碗一搁，我的学生就从家里出发了。她手上抱一个纸袋，里面放着笔和纸，慢慢走，一边走，一边四处闲看。她要穿过两条巷道，一条颇现代，两旁开着这个吧那个吧，大白天也是彩灯灼灼的。一条却很古旧，像洗旧的蓝衫子，两边少有楼房，都是过去的老式平房，大门朝着街道开着。一些人家因地制宜，开起小店，卖些花花草草，做些小吃食。祖传秘方的小吃，大抵都藏在这条巷道里。

我那个学生顶喜欢从那条古旧的巷道过。她每次来，都兴奋地跟我说："老师，从那里走真享受啊，鼻子里闻到的，都是香哩，花草的香，食物的香。"

高三学生，学业过重，像载重的骆驼似的，平日里少有机会放松。她借着学写作的名头，到我这里来，其实，也就是给自己偷得半天闲。我很高兴给她提供了这样的机会。常常我们不谈写作，一人一把椅子，搬去阳台上，对坐着，聊些好像与写作无关的话题。比如，在那条古旧的巷道里，她会遇到哪些好玩的人。

说起这个，我的学生健谈得不得了。她会一一向我介绍，卖花的，卖烧饼的，做鱼汤面的，卖馒头的。有个卖水果的老头，整天唱喏般地招徕顾客，"又大又红的枣子哟，不甜不要钱咪。"隔天换成："又大又香的香蕉哟，不香不要钱咪。"我的学生学着老头的腔调，笑得不行。

生活是庸常的，却也是有趣的，这正是生活的迷人之处。我也跟着笑，鼓励她把这些写下来。某天，我的学生一见到我，就迫不及待告诉我："老师，那里新开了一家米糕店，叫留香。名字好好听啊，糕也好好吃耶。"

"你吃过？"我对美食，向来难抵诱惑。

"嗯，好吃极了。老师，下次来我带给你吃。"我的学生大方地承诺。她突然笑起来，不可抑制的。我说笑什么呢？她说："老师，那个做糕的女的，长得很像你。"

这不单单让我觉得有趣，更好奇了，是恨不得立刻奔过去看一看。我很想知道，能取出"留香"这个诗意绵长名字的女子，是不是真的跟我很相像。改天，没等我的学生带糕给我吃，我就寻了去。不大的门面，整洁着，上书"留香"两字。大门两侧，各在墙上吊一盆绿萝，绿的茎蔓，长长垂挂下来。进门去，藤桌藤椅，玄米茶在杯子里浅淡着，客人可随取随喝。这不像是米糕店，倒像是喝咖啡的。清新雅致的风格，很让我喜欢。

也终于见着做米糕的女子。初见她，我暗自笑了，我的学生太高抬我了，这个女子比我要年轻得多，漂亮得多。她看上去不过二十五六岁，有着一张蜜桃似的脸。一件简单的粉色卫衣套着，清秀干净。有客来，她微笑着招待，不言不语，却在举手投足间，给人以微风轻拂湖面的感觉。

客多。只一会儿，她的几大蒸笼米糕就见了底。我在边上，好不容易"抢"到两只，顾不得烫，咬一口，暄软香甜，真真是好吃。跟她讲："你怎么会做出这么好吃的米糕呢？"她也只是微笑，不说话，笑得天晴日暖。

再去，意外得知，她原来，竟是个失聪的。四岁那年，一场高烧，导致她再也听不见了。父亲因她的失聪，最后和她母亲离了婚。成长的路上，她遍尝艰辛，失望过，甚至绝望过。所幸后来遇到一卖米糕的老人，传她手艺，她便自己开了这个小店，取名留香，是为感激老人，要留住这生命的芬香。

把她的故事说给我的学生听。我的学生动容，半晌没言语。这年高考，我的学生语文得了高分，被一所很不错的高校录取了。据她说，写作文时，她写了这个做米糕的女子。

风居住的街道

人的一生中，走不丢的，唯有青春年少。

《风居住的街道》是由日本钢琴家矶村由纪子，和二胡演奏家坂下正夫共同演绎的一首曲子。整首曲子以钢琴作底子，二胡跳跃其上。它们似一对恋人，在音符之上，互诉衷肠。钢琴轻轻呢喃，如梦似幻；二胡热烈唱和，高山流水。二者完美地交融在一起，两两相望，地老天荒。

每隔一段日子不听，我会很想它，直至重新找了它来听，一颗心，才安定下来。这很像一个人嗜上某种美味，一些日子不吃，就想得心慌。我以为，美味慰藉味蕾，好的音乐，则慰藉灵魂。

第一次听它，是在办公室，一女孩的手机铃声设的它。那日，我在办公室里，正给桌上的一盆蟹爪兰浇水，女孩的手机突然响起来，这首曲子，一下子冒冒失失地撞进我的耳里来。

我当即愣住，持水杯的手，停在半空中。我仿佛闻到老家的气息：村庄。田野。烟雨朦胧。小家屋檐下，雨滴在唱歌。滴答，滴答，滑落在搁在檐下的一只瓮上，滑落在长在檐下的一丛大丽花上。邻家少年撑伞而过，布衣青衫，笑容浅淡。五月的槐花，将空气染得蜜甜蜜甜的。

是暗暗喜欢着的。大人们之间开过这样的玩笑，让你家的梅丫头做我家的媳妇吧。母亲笑答一声，好啊。我在一边听着，信以为真。再遇到少年，眼神刚刚碰触到，我便羞涩地跑开了。风吹着少年的头发和衣衫，他的样子真好看。少年后来去了南方，我也离开家乡。经年后，再想起，少年的模样，已不记得了，然风吹过的年少时光，却成了岁月里，最柔软的温暖。

问那个女孩，这是首什么曲子？

女孩告诉我，它有个好听的名字，叫《风居住的街道》。女孩说，初听时，想哭。结果，真的痛哭了一场。

理解她。谁的往昔里，没有一个风居住的街道？她亦有。当年，她与他坐前后桌，在一个教室读书。窗外的桐花，一树一树地开。他在一张小纸条上写：喜欢我吗？我很喜欢你！她回他一个笑脸，算作默认。扭头望向窗外，风从街道那边吹过来，青春年少，花影飘摇。

我记住了乐曲名，回家开了电脑搜索。我下载了它，一遍一遍听。钢琴和二胡，交相辉映。风到底吹过谁的街道？城南旧事，纷至沓来。

　　我想起一个老先生。老先生八十岁了，在他生日那天，他执意要去一个小镇看看。孩提时，他曾从家里坐船，越过宽阔的水域，到达那个小镇去上学。六七十年过去了，他越来越想念当年的街道，路上铺着碎砖，银杏树东边一棵、西边一棵。他有个同学，绰号叫癞子，因为那个同学头上生很多癞疮。癞子跟他最要好，把母亲烙的玉米饼，偷拿出来，带给他吃。和他一起爬上银杏树，坐在树上，垂下双腿，在空中摇晃。

　　老先生如愿到达那个小镇。当年的小镇，已彻底变了模样。老先生寻不到他的学校，寻不到他的街道，寻不到他的银杏树。却一遍一遍告诉身边的人，这里，曾是一座山墙，我和癞子在上面画过画。这里，就是当年长银杏树的地方，我和癞子曾坐在上面学过鸟叫……往昔对他来说，隔得遥远，却从不曾走丢。

　　人的一生中，走不丢的，唯有青春年少。

一窗清响

只要你心怀希望，一盆的葱绿，很快会让它重新变得生机起来蓬勃起来。

闲时，读杨万里的诗，读到一句"芭蕉分绿上窗纱"，我很是喜欢。季节是初夏吧，小门小户的人家，不金碧，亦不辉煌。可是院子里，却栽种着数棵绿芭蕉。是男主人栽的，还是女主人栽的？无论是他们中的哪一个，都定有颗爱植物的心。凡尘俗世，因拥有这样的心而美好。

芭蕉一年一年长高，"扶疏似树""高舒垂荫"，一到夏天，碧绿蓊郁得尤甚。那些绿，垂到什么地方去了？人还没留意呢，它们倒静悄悄地，爬上了窗纱。窗里的人呢？那被芭蕉映得绿莹莹的人呢？午后，他们是在梦里小睡，还是在围桌话家常？一窗清响，日子静好。

我在如此走神的当儿，眼光又不由分说地落到楼后人家的

277

窗上。我的书房，正对着这户人家。我在书房里看书或写字，一抬头，就能瞥见他们家的窗。天蓝色的窗帘，半拉半开。窗口有时会搁一盆绿，是茑萝，或是吊兰。有时会搁一盆花，是杜鹃，或是海棠。青青绿绿，红红白白。大捧的阳光，在窗户上面肆意攀爬。现世安稳。

我熟悉这家人，男人，女人，还有一个小女儿。前几年，男人闹过离婚，外头有了人。离婚闹了好长一段时间，男人日日不归，连小女儿也不肯要了的。那段日子，他们家的窗帘，总是拉得紧紧的，窗台上，落满尘。有时，黑漆漆的夜里，我听到窗帘后传出嘤嘤哭泣，那是女人隐忍的哭。在静夜里，格外分明，听得人心酸。后来，男人出车祸，死里逃生，为他落泪的，是女人，不是情人。守在他床边的，也是女人，不是情人。男人身体康复后，再没提过离婚。

早起时，我去屋后跑步，遇到男人。一夜的风吹，金针似的杉树叶，铺了一地。男人拿着扫帚在认真扫。看到我，他抬头笑一笑，点点头，算作招呼。一边冲屋内叫："凤玲，快去看看锅上的汤熬好了没有，别把水熬干了！"屋内迅捷传出女人的应答："知道了知道了。"声音是清澈的、欢快的。让人想象着，她走路的姿势，一定如一只羚羊一样敏捷和快乐。我打心眼里替女人高兴，风雨过后是彩虹，她等来她的彩虹了。

我外出几天，回来，习惯性地抬头望他们家的窗，突然发现那个窗口，新添了两样东西：一只风铃，一盆葱。风铃是悬挂在窗户上的。冬日的暖阳，打在风铃银色的贝壳上，熠熠发光，仿若珠宝。风吹，银色的贝壳，晃晃悠悠，不时发出叮叮当当的脆响，宛如幸福在鸣唱。

葱呢？真绿！我想起绿油油这个词。也只有这个词能配它，那些绿，是恨不得一滴一滴淌下来的。它们是冬天里的春天。长葱的盆，却是只豁了口的破瓷盆。用旧了吧？女人舍不得扔，在里面栽了葱。葱在女人的眷顾下，一日一日葱茏，旧瓷盆焕发出另一种光彩，素朴而雅致，让人觉得，它天生就是配葱的。

这很像我们的人生，少有绝对完美的，它可能就是一只豁了口的瓷盆，望得见岁月的憔悴与伤口。然而，又有什么关系呢？只要你心怀希望，一盆的葱绿，很快会让它重新变得生机起来蓬勃起来。

老 兵

他们热切地奔向他们的第二故乡去，那里，他们风华正茂，健步如飞，一地的水萝卜，蓬勃招展。

他们是些老兵，上个世纪五六十年代的兵。

一、二、三、四、五，他们并排站立，红衣鹤发，对着我们的镜头笑。笑得阳光飞溅。他们的背后，树木铺排，色彩斑斓，秋景迷人。

那会儿，我和那人正徜徉在海边的林子里，看秋。为防沙固堤，海边植有上千顷林木，种类繁多，倒成了一处赏景的极好去处。林中幽静，偶有树叶摇落，"啪、啪"的一两声，清脆的。如小孩子在梦中磨牙。星星点点的小野菊，开在树下。他们的车忽然至，停在路边，四下里张望。犹豫再三，他们中一人走向我们，向我们打探路，说他们迷路了。

五十多年不见，这儿的变化太大了，都不认识了。他们笑着摇头说。

他们中年长的，八十四岁了。最小的，也已七十有九。

当年，却血气方刚着呢。年轻的武警，来此戍守边防。每日晨起，他们唱着军歌出操野练，沿着海堤长跑，健步如飞。闲时养猪，拓荒种菜。种出的水萝卜，有成人的胳膊粗。当地的渔民惊奇，偷偷拔了带回家。孩子们更是天天光顾，拔上几个，赶紧跑。躲到一垛草垛子后，用衣袖擦擦，就啃上了。咯吱咯吱，像幸福的小老鼠。

他们也只睁只眼闭只眼的，由着孩子们把这儿当快乐王国。偶尔的，他们也佯装跟后面追，看孩子们一溜烟地奔跑，像一阵风似的。他们乐得哈哈大笑。

每隔半个月，营地里都要组织放一场电影。露天里，白布幕早早挂起来了，引得周围的孩子们，在营地前探头探脑。晚上，电影刚开场，孩子们就成群结队地来了。一个个猫着腰，轻手轻脚的，想避开他们的耳目。他们其实早就看见了，只装作没看见，憋住笑，在暗地里观察着那些孩子，看他们小猴子样的，翻过围墙，进到营地来。虽说他们有纪律，不准外人随便踏入营地，可是，那些孩子算外人么？单调孤寂的日子，因那些孩子的渗入，溅起朵朵活泼的水花。

——好像全都是这些芝麻蒜皮的小事儿，没什么可圈可点的，可是，却在他们的记忆里发着酵，散发出水萝卜一样的清香。暖着。恋着。那是他们的青春和热血啊！这里，是他们生命中的第二故乡，是灵魂无法割舍的怀想。

也只是一转身，五十多年就过去了。几百里的距离，不算太远，却遥遥地隔开了他们与它的关联。而今，他们年纪越大，越难抑制想见的渴望。前些日子，几个老战友在电话里一合计，决定重返"故里"。于是，相约着来了。

有生之年，我们就是想再来走一走、看一看啊。他们说。

谁知就迷了路呢！当年闭着眼睛也能走回的边防站，怎么找也找不见了。他们孩子般的，眯着眼，不好意思地笑。

我们动容。主动给他们拍了几张合影。并细心画了路线图给他们，哪里有什么建筑，都给一一标着。他们再三道谢，突然立正，齐刷刷给我们敬了一个军礼。然后一个搀扶着一个，上了车。他们热切地奔向他们的第二故乡去，那里，他们风华正茂，健步如飞，一地的水萝卜，蓬勃招展。

风会记得一朵花的香

一个人的存在，到底对谁很重要？这世上，总有一些人记得你，就像风会记得一朵花的香。凡来尘往，莫不如此。

一

没事的时候，我喜欢伏在三楼的阳台上，往下看。

那儿，几间平房，坐西朝东，原先是某家单位做仓库用的。房很旧了，屋顶有几处破败得很，像一件破棉袄，露出里面的絮。"絮"是褐色的木片子，下雨的天，我总担心它会不会漏雨。

房子周围长了五棵紫薇。花开时节，我留意过，一树花白，两树花红，两树花紫。把几间平房，衬得水粉水粉的。常有一只野鹦鹉，在花树间跳来跳去，变换着嗓音唱歌。

房前，码着一堆的砖，不知做什么用的。砖堆上，很少有空落落的时候，上面或晒着鞋，或晾着衣物什么的。最常见的，是两双绒拖鞋，一双蓝，一双红，它们相偎在砖堆上，孵太阳。像夫，与妇。

也真的是一对夫妇住着，男的是一家公司的门卫，女的是街道清洁工。他们早出晚归，从未与我照过面，但我听见过他们的说话声，在夜晚，喁喁的，像虫鸣。我从夜晚的阳台上望下去，望见屋子里的灯光，和在灯光里走动的两个人影。世界美好得让人心里长出水草来。

某天，我突然发现砖堆上空着，不见了蓝的拖鞋红的拖鞋，砖堆一下子变得异常冷清与寂寥。他们外出了？还是生病了？我有些心神不宁。

重"见"他们，是在几天后的午后。我在阳台上晾衣裳，随意往楼下看了看，看到砖堆上，赫然躺着一蓝一红两双绒拖鞋，在太阳下，相偎着，仿佛它们从来不曾离开过。那一刻，我的心里腾出欢喜来：感谢天！他们还都好好地在着。

二

做宫廷桂花糕的老人，天天停在一条路边。他的背后，是一堵废弃的围墙，但这不妨碍桂花糕的香。他跟前的铁皮箱子上，叠放着五六个小蒸笼，什么时候见着，都有袅袅的香雾，在上面缠着绕着，那是蒸熟的桂花糕好闻的味道。

老人瘦小，永远一身藏青的衣、藏青的围裙。雪白的米粉，被他装进一个小小的木器具里，上面点缀桂花三两点，放进蒸笼里，不过眨眼间，一块桂花糕就成了。

停在他那儿，买了几块尝。热乎乎的甜，软乎乎的香，忍不住夸他，你做的桂花糕，真的很好吃。他笑得十分十分开心，他说，他做桂花糕，已好些年了。

我问，祖上就做吗？

他答，祖上就做的。

我提出要跟他学做，他一口答应，好。

于是我笑，他笑，都不当真。却喜欢这样的对话，轻松、愉快，人与人，不疏离。

再路过，我会冲着他的桂花糕摊子笑笑，他有时会看见，有时正忙，看不见。看见了，也只当我是陌生的，回我一个浅浅的笑。——来往顾客太多，他不记得我了。但我知道，我已忘不掉桂花糕的香，许多小城人，也都忘不掉。

现在，每每看到老人在那里，心里便很安然。像小时去亲戚家，拐过一个巷道，望见麻子师傅的烧饼炉，心就开始雀跃，哦，他在呢，他在呢。

麻子师傅的烧饼炉，是当年老街的一个标志。它和老街一起，成为一代人的记忆。

三

卖杂粮饼的女人，每到黄昏时，会把摊子摆到我们学校门口。两块钱的杂粮饼，现在涨到三块了，味道很好，有时我也会去买上一个。

时间久了，我们相熟了。遇到时，会微笑、点头，算作招呼。偶尔，也有简短的对话，她知道我是老师，会问一句，老师，下课了？我答应一声，问她，冷吗？她笑着回我，不冷。

我们的交往，也仅仅限于此。淡淡的，像路边随便相遇到的一段寻常。

我出去开笔会，一走半个多月。回来后，正常上班、下班，没觉得有什么不同。

女人的摊子，还摆在学校门口，上面撑起一个大雨篷，挡风的。学生们还未放学，女人便闲着，双手插在红围裙兜里，在看街景。当看到我时，女人的眼里跳出惊喜来，女人说，老师，好长时间没看到你了。

当下愣住，一个人的存在，到底对谁很重要？这世上，总有一些人记得你，就像风会记得一朵花的香。凡来尘往，莫不如此。

第八辑
花都开好了

你看，花都开好了。冰天
雪地里，红艳艳的一大簇，
直艳到人的心里面。

逢 简

逢简逢简，相逢简单，人生实在没有比这样的相逢更叫人欢喜的了。

逢简是一个小村庄，地处岭南，这奇特的地名，原是由两个姓氏演化而来，一姓逢，一姓简，后人笔误，把"逄"写成"逢"，久而久之，也就成了逢简。我倒极赞这样的笔误，逢简逢简，相逢简单，人生实在没有比这样的相逢更叫人欢喜的了。

逢简多水，以水开路，人家多逐水而居。河岸密布果木，芒果、龙眼、人参、番石榴、杨桃、香蕉，多不胜数，果实就那么累累缀着，也无人采摘，只当风景来赏。不期然的，你还能相遇到一棵大榕树或是鱼尾葵，枝干蓬勃得像一幢房，不用说，那都有上百年的历史了。三角梅热火朝天开着，也不知从哪朝哪代起，它们就那么开着，一小朵一小朵的粉，群集在一

289

起，成惊心动魄，倒影在水里，像一群彩色的小鱼在游。尽管是深冬，一棵金桂也还在开着花，细碎浓甜的香，播撒在陈年的瓦楞间、河埠头。正暗自惊奇，陪同我的当地朋友瞥一眼它，很淡定地告诉我："这是康熙皇帝当年御赐的。"

我还没回过神来，转身，看到一座桥，他说："是宋代的呢。"再一座，弯曲如弓，三孔倒映着水波，绿树繁花的影子，在里面自在摇曳。他说："这也是宋代的呢。"还有蒙康熙首肯，仿皇家花园里的金鳌桥而建的金鳌玉蛛桥。还有安郡王亲赐的"半天朱霞"匾额。在逢简，你若要寻古，那实在多了去了，那么多的祠堂、老屋、寺庙和石碑，哪一个上面，不承载着那个叫作"历史"的词？你随便一低头，脚底下踩着的石板，上面竟隐约刻着字，也是好几百年前的旧物了。村人们只当它是寻常，踩着它下河，踩着它迎来送往，一代一代地繁衍生息，原本就是你中有我、我中有你，彼此消融在一起，这或许才是世界本来的样子。

那么多的河埠头，大的，小的，有石阶一级一级下到水面的，有单单一块大石头翘立的。翻开往昔，哪一页不写着丰饶？兴盛于明末清初的桑基鱼塘，给逢简带来繁荣，低洼处挖泥成塘，养鱼。泥堆塘边植桑，养蚕。塘泥护桑，蚕沙喂鱼，一时间这里蚕肥鱼美，墟市发达，商贾云集，一船一船的丝绸运出去，再换回一船一船的黄金。

时光的小船却悠然从容，我看着它慢慢划过去，载着一船欢笑的人，脑子里忽然蹦出《诗经》中的句子来，"溯游从之，宛在水中央。"这个被水环绕着的小村庄，多像住在《诗经》里，素朴洁净，又是灵动飘逸的。"若是你端午来，这河里可热闹了，全是赛龙舟的。"朋友说。朋友本是外乡人，二十多年前来到这里，从此再没挪过窝，他爱上了这里的一草一木、一水一桥。闲时，他随便在哪座古桥上坐坐，听历史的风吹过耳际，看夕阳斜斜地移过古屋祠堂去，只觉得心际辽阔，如打马飞过旷野。

"别看它只是一个小村子，可出过不少人才呢。"朋友如数家珍，"这里曾出过冯氏一门八秀才，梁家三兄弟同是翰林，还出过不少的举人和进士，那些石桥、祠堂、牌楼，都是当年这些人建的。"我听得震惊不已，扭头去看逢简人，却看不出他们有多骄傲，风照旧在吹，水照旧在流，他们忙着把半头烤熟的猪，搬到门外的托盘上。猪头上系着红纸，是祭祀用的，这家人可能要办什么喜事了。一个很老的阿婆，从一幢老房子里走出来，我上前打招呼，她听不懂我的话，我也听不懂她的，我们互相咿咿呀呀半天。朋友站在旁边笑看我们，末了，他翻译给我听，说："阿婆问你吃了没有。"我"扑哧"笑起来，凡俗的日子，真的与别的无关，吃才是顶顶重要的。这倒应和了逢简的名，简单就是幸福，简单就是快乐。

人间的羊卓

　　我们各自上路，萍水相逢，却有了共同的思念，这片湖，这片蓝，将几回回梦里相见？

　　从拉萨去往日喀则，是往后藏而去，沿途的色彩，比起前藏来说，稍稍逊色了些。然处在八月好时节，也是黄是黄、绿是绿的。山大抵都是光秃秃的，寸草不生，山脚下却黄绿铺陈。绿的是青稞，刚刚抽穗。黄的是油菜花，刚刚怒放。没有整齐划一的，都是顺势而长，反倒有种自由散漫的美，看得人心猿意马。

　　沿途要翻越海拔 5030 米的甘巴拉山口。不知是不是心理作用，一听到高海拔，我的头就开始山呼海啸起来，得用手指头紧紧按住两边的太阳穴，眼睛却不肯闭上，窗外的景，我不想错过一点点。

　　山脚下走着藏家女人，牵着小孩。她走过一片菜花地，背上的背篓里，塞满青色的草，她走，草也走，一颠一颠的。她是要回家去喂养牛羊吗？我的思绪跟了她好远。哪里的俗世都是一样的，活着，烟火着。

经过无数的急转弯，我们的车，沿山梁盘旋，一路有惊无险。从甘巴拉山口下来，远远就望见了一枚蓝，像块蓝宝石似的，镶嵌在喜马拉雅群山之中。又似一根蓝色绸带，系在山腰间。小闫宣布，羊卓雍错到了。

羊卓雍错，在藏语里是"碧玉湖""天鹅池"的意思。它是西藏的三大圣湖之一，是喜马拉雅山北麓最大的内陆湖。因汊口较多，像珊瑚枝一样，藏人又称它为"上面的珊瑚湖"。

一车人激动起来，啊啊啊大叫，手舞足蹈，恨不得立即跳下车去。司机见多这样的场景，他笑了，慢条斯理说，别急，车可以停到湖边去的。

真的靠近了。眼睛和心，立即被蓝填满。那是怎样的一汪一汪蓝啊，比天空的蓝更深邃，比大海的蓝更醇厚，蓝得一心一意，蓝得彻彻底底。仿佛蓝缎子似的，在阳光下抖开，风华绝代。又如凝脂，蓝的凝脂，细腻圆润。我的耳边响起当地民歌：天上的仙境，人间的羊卓。天上的繁星，湖畔的牛羊。

湖这面有高高的草甸，碧绿的草，密密匝匝。湖对面有像版画似的山，山脚下绕着绿的青稞黄的菜花。天空蔚蓝，白云几朵，与蓝的湖相互辉映，摄人魂魄。我的高原反应激烈，呼吸渐感困难，但我还是坚持下了车，手脚并用爬上湖边的草甸。

草甸上，一群忘乎所以的游客，在清冷的风中载歌载舞。然歌声也只响亮了一会儿，便停息下来，高原氧气不足，实在不宜大声。那么，就静静的吧，我坐在草甸上，面对着温润如玉的湖，有一刻，我不能相信自己，真的就来到了这个地方。是我吗？是我吗？我这么问自己。浩渺的宇宙中，我也是一个存在，如这片海拔高 4441 米的湖。我为这个存在，感动得双眼蓄满泪。

我的身旁，出现了两个十八九岁的男孩，他们戴着头盔，腿上绑着护膝，脸庞黝黑，风尘仆仆。他们先是怔怔地望着这片湖，而后，双膝突然跪下，对着这片湖，哭了。

我从交谈中得知，这两个孩子是武汉某大学一年级学生，对西藏一直很神往。暑假前，同宿舍五六个人一合计，决定骑车进藏。途中，有四个同学先后撤退，剩下他们两个。为了省钱，他们没住过一天旅舍，没进过一次饭店，困了，就睡在随身带的睡袋里，饿了，就吃一些饼干或是方便面。也曾想过放弃，但却心有不甘，神圣的土地就在前方，他们一定要踏上它，也算完成人生的一次挑战。最后，在历经一个月零六天之后，他们终于到达拉萨，到达这里。

我祝福了他们。我想，他们吃得了这样的苦，将来的人生，还有什么坎不能迈过去呢？

风凉，湖边不能久待，短暂的会晤，我们不得不离开。我们各自上路，萍水相逢，却有了共同的思念，这片湖，这片蓝，将几回回梦里相见？

　　同行中有人叹，真想在这湖边搭一座小木屋，日日与这美丽的湖相伴。立即有人接话了，这么高的海拔，你待一会儿可以，待上十天八天的，怕是小命早没了。我在一旁听得高兴，这真是好，它美得高不可攀，这才保持了它的本真。如佛祖流下的一滴泪，永远纯洁晶莹在那里。

花都开好了

你看，花都开好了。冰天雪地里，红艳艳的一大簇，直艳到人的心里面。

记忆里，乡村多花，四季不息。而夏季，简直就是花的盛季，随便一抬眼，就能看到一串艳红，或一串粉白，趴在草丛中笑。

凤仙花是不消说的，家家有。那是女孩子的花。女孩子们用它来染红指甲。花都开好的时候，最是热闹，星星点点，像绿色的叶间，落满粉色的蝶，它们就要振翅飞了呀。猫在花丛中追着小虫子跑，母亲经过花丛旁，会不经意地笑一笑。时光便靓丽得花一样的。

最为奇怪的是这样一种花，只在傍晚太阳落山时才开。花长在厨房门口，一大蓬的，长得特别茂密。傍晚时分，花开好了，浅粉的一朵朵，像小喇叭，欢欢喜喜的。祖母瞟一眼花说，该煮晚饭了，遂折身到厨房里。不一会儿，屋角上方，炊烟就会飘起来。狗开始撒着欢往家跑，那后面，一定有荷着锄的父母亲，披着淡淡夜色。我们早早把四方桌在院子里摆上了，地面上洒了井水（消暑热的），一家人最快乐的时光就要来了。花在开。这样的花，开好的时候，充满阖家团聚的温馨。花名更是耐人咀嚼，祖母叫它晚婆娘花。是一个喜眉喜眼守着家的女子呀，等候着晚归的家人。天不老，地不老，情不老，永永远远。

喜欢过一首低吟浅唱的歌，是唱兰花草的，原是胡适作的一首诗。歌中的意境美得令人心碎："我从山中来／带着兰花草／种在小园中／希望花开早。"一定是一个美丽清纯的乡村少女，一天，她去山中，偶遇兰花草，把它带回家，悉心种在自家的小园里，从此种下念想。她一日跑去看三回，看得所有的花都开过了，"兰花却依然／苞也无一个。"多失望多失望呀，她低眉自语，有一点点幽怨。月华如水，心中的爱恋却夜夜不相忘。是有情总被无情恼么？未必是。等到来年的春天，会有满园花簇簇的。

亦看过一个有关花的感人故事。故事讲的是一个女孩，在三岁时失了母亲。父亲不忍心让小小的她受到伤害，就骗她说，妈妈到很远很远的地方去了，等院子里的桃花开了，妈妈就回来了。女孩于是一日一日跑去看桃树，整整守候了一个冬天。次年三月，满树的桃花开了。女孩很高兴，跑去告诉父亲，爸爸，桃花都开好了，妈妈就要回来了吧？父亲笑笑说，哦，等屋后的蔷薇花开了，妈妈就回来了。女孩于是又充满希望地天天跑去屋后看蔷薇。等蔷薇花都开好了，做父亲的又告诉女儿，等窗台上的海棠花开好了，妈妈就回来了。就这样，一年一年地，女孩在美丽的等待中长大，健康而活泼，身上没有一丝忧郁悲苦的影子。在十八岁生日那天，女孩深情地拥抱了父亲，俯到父亲耳边说的一句是，爸，感谢你这些年来的美丽谎言。

花继续在开，爱，绵绵不绝。

画家黄永玉曾在一篇回忆录里，提及红梅花，那是他与一陈姓先生的一段"忘年交"。当年，黄永玉还是潦倒一穷孩子，到处教书，到处投稿，但每年除夕都会赶到陈先生家去过。那时，陈先生家红的梅花开得正好。有一年，黄永玉没能如期赶去，陈先生就给他写信，在信中这样写道："花都开了，饭在等你，以为晚上那顿饭你一定赶得来，可你没有赶回来。你看，花都开了。"

你看，花都开好了。冰天雪地里，红艳艳的一大簇，直艳到人的心里面。它让我们完全有理由相信，这世界有好人，有善，有至纯至真。多美好！

锦　溪

　　当下，你置身于这一方水土中，心是愉悦的、轻松的、享受的，这就好了。

　　我原本打算去南浔的。

　　我在平板电脑上搜索行走线路，顺便搜索周边风景，结果，昆山的锦溪跳了出来。我承认，我在瞬间，就被"锦溪"这个名字，俘获了心。锦溪锦溪，是锦缎织成的小溪，这名字叫得真够绮丽香艳的。

　　它也真的与香艳有段牵连。

　　相传，南宋宋孝宗建都临安时，他的宠妃陈妃，偏爱锦溪山水，居于其中，不舍离去。陈妃不久芳龄早逝，孝宗大恸，把她水葬于此，并在她身畔修建莲池禅院，亲手栽下龙柏、银杏、罗汉松，佑她万古长存。能得君王如此宠爱的女子，史上怕是少有。民间有说，陈妃不同于一般的胭脂俗粉，她是女中豪杰，曾陪孝宗仗剑天涯，撑起摇摇欲坠的南宋江山。一说孝宗遇刺，她为他挡得一剑，剑伤太深，回天乏力。而我却喜欢作这样的揣测，他和她，也只是俗世里的恩爱夫妻，是眼对眼、心对心的那一个。君王爱恋，亦如民间，生生世世，唯你是我的最相思。

锦溪添了这段传奇，使得它的每一滴水，都浸染上一个女子的香。妩媚的山水，更显妩媚。在此后长达八百三十余年的时光里，锦溪曾更名"陈墓"。

我到达锦溪时，正是午饭时，家家炊烟不断，饭菜飘香。卖鱼的小摊子还守在古镇入口处，红色塑料面桶里，大大小小的河鱼，活蹦乱跳着。四面环湖的古镇，最不缺的，怕就是鱼了。一河穿街市而过，两岸碧树倒映，使得那河看上去，透透迤迤，像古代女子莲步轻移间，身后拖着的一条绿飘带。

河两岸，房屋高低错落，层层叠叠。房自然是上了年纪的房，有极富内涵的瓦当，和雕着图案的木格窗，黛瓦飞檐，哪一幢都入得了画。你若要看几百年前的旧物，甚至上千年的，根本不用寻找，随便一挑眼，就是。那扇门，那扇窗，那片瓦当，那座石桥，哪一样不承载着历史的波光涛影？一间老屋子里，有剃头老师傅，正替一老者理发。他使用的，还是老式剃刀。他一刀一刀剃着，如同在给老者按摩。座椅上的老者，很享受地闭着眼，可能睡过去了吧。一绺阳光，像绺银发似的，从沿河的窗户外飘进来，落在老师傅的手边。老师傅的动作不紧不慢，上百年的光阴，在他的手底下，似乎从未曾更改过。

打银首饰的。弹蚕丝被的。做袜底酥的。熬酱汁肉的。都是些旧时光，看着叫人怀旧又欣喜。当地有民谣："三十六座桥，七十二只窑。"唱的也都是古事了。一眼能望到头的河流上，桥竟多达三十六座，真是够铺张。河流狭窄之处，几乎能盈手相握，上面竟也架拱桥一座。一样的石阶拾级而上，石础上雕花，一点也不偷工减料。有野草攀护桥身，在上面开出点点小黄花，古意盎然。我以为，这里的桥，更多的功用，不是用来渡河，而是用来装饰的。就像独具匠心的主妇，给家人的衣服上，钉上漂亮的纽扣。

不能不提到长廊。江南的古镇，多的是长廊。而锦溪的长廊，又有着不同，它附设了美人靠。你走累了，这么倚着美人靠坐一坐，任清风随意吹吹。低头看下去，青绿的河水，涓涓不息地流着。乌篷船一只只，从你身边轻摇过去。船娘们的歌声前后相接，少有好歌喉，有的甚至唱走了调。可是，不关紧的，你听着，竟觉得悦耳得很。这就像吹在你身上的自然风，闻得见花香草香，反倒有种天然的味道。船上人望你，你也望船上人，彼此成为彼此眼中的风景。或许日后会被想起，或许想不起，这也不关紧的。不是有句话说，活在当下么。当下，你置身于这一方水土中，心是愉悦的、轻松的、享受的，这就好了。

想寻只古窑看看的，老街上是没有的，它应该在阡陌地头。窑多，烧出的砖瓦便多。锦溪的砖瓦之花样百出，堪称一绝的。有巴掌大的窗花砖。有浸润千年的墓砖。有世上罕见的琴砖。还有在窑中要烧120天，又在桐油中浸泡100天的金砖。是不是也烧瓦罐瓦盆之类的呢？我在一户人家门前，看到檐下蹲一瓦罐，瓦罐里开着粉艳艳的花。我弯下腰细看，屋主出来，她以为我在看花，告诉我："那是长寿花。"我点头，笑一笑，走开。我其实是看那瓦罐的，不知它经历几朝几代，又几个世纪的花开花落。

午饭没吃，觉得有些饿了，就近走进一家家庭小饭馆。点上几个小菜。再来一碗奥灶面吧。鱼是必吃的，淡水鱼，鲜嫩得很。时令蔬菜两道，一道炒黄花菜，一道炒菜苔。靠河放着桌椅，就坐那里好了，一边望水，一边慢慢吃，做一回千古江南人。不远处，一只黄狗站在河边，也在望水，望水里轻摇而过的船只，望得深情又专注。我笑了。想它日日望着，竟也还是没看厌。

乡下的年

看得见的甜就在那里，不急，不急。

乡下的年，是极为隆重的。

从进入腊月起，人们便开始着手为年忙活。老人们搬出老皇历，坐在太阳下，眯缝着眼睛翻，哪天宜婚嫁，哪天祭神，哪天祭祖，一点不含糊。村庄变得既庄严又神秘。

蒸笼取出来了。井水里清洗，大太阳下一溜排开了暴晒。孩子们望着蒸笼，一遍一遍问，什么时候蒸馒头啊？什么时候做年糕啊？大人答，快了，快了。这等待的过程真叫熬人。看看天，那太阳怎么还不西沉，日子怎么还不翻过一页去！灰喜鹊站在光秃秃的树上，欢天喜地叫着。喜鹊也知道要过年么？孩子们也仅仅这么想一想。那边的鞭炮在响，噼噼啪啪，噼噼啪啪，震得小麻雀们慌张地飞，眼前一片红在闪。娶新娘子呢。一溜烟跑过去。一路上，全是看热闹的人。

也终于盼到家里蒸馒头了。厨房里烟雾弥漫。门前早就摊开几张箃席，一蒸笼一蒸笼的馒头，晾在上面。孩子们跳着进进出出，敞开肚皮吃，直吃到馒头堵到嗓子眼。门前不时有人走过，一脸的笑嘻嘻。不管平日关系是亲是疏，这时候，定要被主家拖住，歇上一脚，尝一尝馒头的味道。他们站着亲密地说话，说说馒头发酵发得有多好。问问年货准备得怎么样了。空气变得又酥又软，对着它轻轻咬上一口，唇齿仿佛都是香的。

河里的鱼，开始往岸上取了。一河两岸围满观看的人。鱼在河里扑腾。鱼在渔网里扑腾。鱼在岸上扑腾。翻着白身子。人们的眼光，追着鱼转，心里跳动着热腾腾的欢喜。多大的鲲子啊，往年没见过这么大的呢，人们惊奇着。——往年真没见过吗？未必。可人们就是愿意相信，今年的，就是比去年的好。

河岸上撒满被渔网带上来的冰碴碴，太阳照着，钻石一样发着光。孩子们不怕冷，抓了冰碴碴玩，衣服鞋子，都是湿的。大人们这个时候最宽容了，顶多是呵斥两声，让回家换衣换鞋。却不打。腊月皇天的，不作兴打孩子的，这是乡下的规矩。孩子们逢了赦，越发的"无法无天"起来，偷了人家挂在屋檐下的年货——风干的鸡，去野地里用柴火烤了吃。被发现了，也还是得到宽容，过年么！过年就该让孩子们野野的。

家里的年货，一样一样备齐了，鸡鸭鱼肉，红枣汤圆，还有孩子们吃的糖和云片糕。糖和云片糕被大人们藏起来，不到年三十的晚上，是绝不会拿出来的。孩子们虽馋，倒也沉得住气，看得见的甜就在那里，不急，不急。

掸尘是年前必做的大事。大人小孩齐动手，家里家外，屋前屋后，悉数被打扫得干干净净。甚至连墙旮旯儿的瓶瓶罐罐也不放过，都被擦洗得锃亮锃亮的。

多干净啊。旧年的尘埃，不带走一点点。新年是簇新簇新的，孩子们在洁净的门上贴春联，穿花洋布，吃大肥肉。这是望得见的幸福。猪啊羊啊跟着一起过年，猪圈羊圈上贴上横批：六畜兴旺。

零碎的票子已备下了，那是给卖唱的人的。年三十一过，唱道情打竹板的就要上门来了。自编自谱的曲儿，一男一女，或是一个男人，倚着门唱：东来金，西来银，主家财宝满屋堆。声音闪着金属的光芒。到那时，年的气氛，达到高潮。

蒲

有蒲熏着的童年，总有一缕清香在飘拂。

我们叫它，蒲。

蒲，蒲呀，我们这样轻轻唤。像唤自家的小姐妹。

蒲是跟苦艾长在一起的。有水的地方，几乎都能瞥见它的身影，绿身子，绿手臂，绿头发，在清风里兀自舒展，翛翛复翛翛。

它是从哪一天开始进入我们小孩的视野的？实在说不清。它跟乡下的许多植物一样，存在得那么天经地义合情合理。我们熟稔它，也是那么天经地义合情合理。就像河里本来就有鱼，空中本来就有飞鸟。它生来，就是村庄的一部分。

端午节，家里大人一声令下，去采些蒲和苦艾回来。我们领旨般地，撒了欢地直奔它而去。都知道，它在哪块水塘里长得最茂盛呢。

这是一年一年承传下来的风俗，过端午，家家门上必插上蒲与苦艾。也在蚊帐里悬挂。也在家神柜上摆着。节日的气氛，被渲染得浓烈又隆重。

苦艾味苦，苦到骨头里，是愁眉苦脸的一个人哪，终年看不见他的笑。我们采一把苦艾，手上的苦味，搓洗很久，也去不掉。我们不爱。蒲却清清爽爽的，是喜眉喜眼的女儿家，又憨厚，又天真。它在水边端然坐，青罗裙带，长发飘拂，碧水缭绕，那方水域，也都染着淡香。我们拿它绿绿的枝叶缠辫梢，每一丝头发，都变得好闻。

夏天，它抽出一枝一枝橙黄的穗，像棍子一样的，我们叫它蒲棍。采了它，晚上点燃了熏蚊子，屋子里也就散发出好闻的蒲香味，像撒了一层薄薄的香料。我们也举着它，当灯，去草丛里捉蟋蟀、捉蚂蚱。

家里也总有几样物件，与它关联着。像蒲扇。它比不得芭蕉扇，又大又笨，扇出的风也大。蒲扇是轻的、软的，它轻摇慢拢，不疾不徐，永远是那么的好脾气，适合温顺的女人和孩子用。乡下的孩子，人人都有一把自己的小蒲扇的。

还有蒲席、蒲鞋。冬天在床上垫上蒲席，又轻软，又暖和。蒲鞋则是好多贫穷人家，冰天雪地里的暖。那时也只道它寻常，不过是野生野长的野草罢了。并不过分珍惜，也没过分看重，只是日日相见的那个寻常人，在骨子里亲着、爱着，却不自知。

经年之后，我在一些书籍里遇到它，才吃惊起来，原来，它的来历，非同一般。它入得了菜，入得了酒，入得了药，还入得了爱情。它简直就是隐世高人一个。

早在《诗经》里就有："其蔌维何，维笋及蒲。"盛筵之上，蒲和笋一样，是当作佳肴被摆上桌的。春日初生，它白嫩的根和茎，是鲜蔬中的珍品。

还是在《诗经》里，它闯进一个少女的心扉，成了她辗转反侧的爱恋，"彼泽之陂，有蒲与荷。有美一人，伤如之何"，"彼泽之陂，有蒲与蕳。有美一人，硕大且卷"，"彼泽之陂，有蒲菡萏。有美一人，硕大且俨"。河畔泽地，它与荷在一起，它与兰花在一起，它与莲在一起，是那么的卓尔不群！英俊又健美的少年郎哪，怎不叫人相思！

蒲也被智慧的先民们，用来泡酒。"不效艾符趋习俗，但祈蒲酒话升平"，唐人殷尧藩在过端午时如是祈愿。在那之前，应该早已有了这样的传统，在端午，必喝上几杯蒲酒，祈愿人世安稳太平。有些地方，更是把此酒引到婚宴上，拟出"喜酒浮香蒲酒绿，榴花艳映佩花红"这样的对联，真个是美酒飘香，花美人俏，地久天长。

蒲还是上等的药材，全草入药，曰"香蒲"。它的学名，原就叫香蒲的。花粉亦是入得药的，叫"蒲黄"。果穗茸毛入药，则叫"蒲棒"。带有部分嫩茎的根茎入药，叫"蒲蒻"。这样的药煎熬出来，怕也带着一股子香的。

小城新辟的观光带中，不知是谁的大手笔，竟辟出四五个浅塘，里面长的，全是蒲。阔别它多年，偶然遇见，我的惊喜不言而喻。我不时跑过去看它。它开花，嫩黄浅白。它抽穗，橙黄的一枝枝，像棒槌一样的，昂立，长长的碧叶衬着，实在漂亮。它还有个别名，叫水蜡烛，真正是形象极了。它是替鱼照着光明？还是替莲和菱？还是心中本就生着一枝枝光明？

　　我每回去，都见有孩子在它边上玩耍。他们攀下一枝枝水蜡烛，在风中快乐地挥舞着。我为他们感到庆幸，有蒲熏着的童年，总有一缕清香在飘拂。

瓶子里的春天

去郊外走。满田的菜花都开了，黄灿灿的，波浪翻滚着。春天以不可阻挡之势，就这么铺陈开来，轰轰烈烈成这般模样。

瓶子是蓝色玻璃的，本来有两只，五块钱一只，买的超市的。极便宜，却好看，有亭亭的腰肢，如束着裙腰的女子，款款着。一只放我办公桌上，一只放家里。放我办公桌上的那只，里面养过月季和雏菊，有一次，还养过扶郎和马蹄莲。但某天，却被一个男同事打碎了。他到我桌上去找什么，随手一带，只听"啪"一声脆响，瓶子疼痛得四分五裂。他不在意地说，碎了。我表面上也是不在意，说，碎了就碎了吧。实际上，却心疼得要命。它是廉价的，但却是我的爱，我到哪里再寻着同样的一只来？这如同世上的缘，都是众里寻它千百度的，它或许是平常平凡的那一个，但对于寻找的人来说，它是不可替代的。

放家里的这只，里面养过一种叫一年蓬的花。其实，说它是草更合适，它在野地里生长，开细白的带了波浪边儿的花。有些像小雏菊。但从没有人把它当花。我采一束回来，插瓶子里，瓶子立时秀丽起来。植物淡淡的香气，在我的书房里萦回。

瓶子里还养过康乃馨，是女友送的。那一日，去看女友，女友不声不响下楼，捧一束康乃馨回来，花朵儿朵朵含苞。她说，这种花，可以在瓶子里开好长一段时间的。感激她的细心与体贴，却不会说出感激的话，只管抱着花儿，对着她笑。女人间的友谊，有时更深入内心，是灵魂深处的相知相惜。

更多的时候，瓶子是空的。我不在里面养花，是因为我常忘了给花换水，把花给养死了。瓶子在某些夜晚，便寂静在我的书房里，与我对峙。我有时寂寞，有时快乐，有时傻傻地坐着冥想。而它，总是不动声色地望着我，无波无浪。却又似乎埋伏着惊涛狂澜。——这，只是我的假想。事实上，它只是一只玻璃瓶子，它里面什么也没装，除了空气，还是空气。无欲无求。

人是因为欲望而生痛苦。如果做一只空着的玻璃瓶，是不是更靠近幸福？我插一些绢花在瓶子里，以假乱真地漂亮着。于是瓶子变得花枝招展起来，变得俗世起来，再与我对峙，就有了温暖的细流，在我们中间，涓涓地流。

看来，还是俗世好，如果无欲无求，哪里还有鲜活的人生？所谓痛便快乐着，大概就是这个理。

去郊外走。满田的油菜花都开了，黄灿灿的，成波成浪，汹涌翻腾。春天以不可阻挡之势，就这么铺陈开来，轰轰烈烈成这般模样。我掐两枝菜花，带回。我把它养在蓝色玻璃瓶里，密密的细黄花，就在我的瓶子上热闹。蓝的瓶，蜜黄的花，多么般配！它让人想着春天的田野，心情成一只放飞的风筝。

告诉一个朋友，如果你愿意，一只普通的玻璃瓶子里，也可以盛放一个春天的。她不解。我说，掐一枝菜花插进去，就好了。

每一棵草都会开花

　　每棵草都有每棵草的花期，哪怕是最不起眼的牛耳朵，也会把黄的花，藏在叶间。开得细小而执着。

　　去乡下，跟母亲一起到地里去，惊奇地发现，一种叫牛耳朵的草，开了细小的黄花。那些小小的花，羞涩地藏在叶间，不细看，还真看不出。我说，怎么草也开花？母亲笑着扫过一眼来，淡淡说，每一棵草，都会开花的。愣住，细想，还真是这样。蒲公英开花是众所周知的，黄灿灿的，像小菊花。即便结了了，也还像花，白白的绒球球，轻轻一吹，满天飞花。狗尾巴草开的花，连缀在一起，就像一条狗尾巴，若成片，是再美不过的风景。蒿子开花，是大团大团的……就没见过不开花的草。

　　曾教过一个学生，很不出众的一个孩子，皮肤黑黑的，还有些耳聋。因不怎么听见声音，他总是竭力张着他的耳朵，微向前伸了头，作出努力倾听的样子。这样的孩子，成绩自然好不了，所有的学科竞赛，譬如物理竞赛、化学竞赛，他都是被忽略的一个。甚至，学期大考时，他的分数，也不被计入班级总分。所有人都把他当残疾，可有，可无。

他的父亲，一个皮肤同样黝黑的中年人，常到学校来看他，站在教室外。他回头看看窗外的父亲，也不出去，只送出一个笑容。那笑容真是灿烂，盛开的野菊花般的，有大把阳光栖在里头。我很好奇他绽放出那样的笑，问他，为什么不出去跟父亲说话？他回我，爸爸知道我很努力的。我轻轻叹一口气，在心里。有些感动，又有些感伤。并不认为他，可以改变自己什么。

学期要结束的时候，学校组织学生手工竞赛，是要到省里夺奖的，这关系到学校的声誉。平素的劳技课，都被充公上了语文、数学，学生们的手工水平，实在有限，收上去的作品，很令人失望。这时，却爆出冷门，有孩子送去手工泥娃娃一组，十个。每个泥娃娃，都各具情态，或嬉笑，或遐想，或跳着，或打着滚，活泼、纯真、美好，让人惊叹。作品报上省里去，顺利夺得特等奖。全省的特等奖，只设了一名，其轰动效应，可想而知。

学校开大会表彰这个做出泥娃娃的孩子。热烈的掌声中，走上台的，竟是黑黑的他——那个耳聋的孩子。或许是第一次站到这样的台上，他神情很是局促不安，只是低了头，羞怯地笑。让他谈获奖体会，他嗫嚅半天，说，我想，只要我努力，我总会做成一件事的。刹那间，台下一片静，静得阳光掉落的声音，都能听得见。

　　从此面对学生，我再不敢轻易看轻他们中任何一个。他们就如同乡间的那些草们，每棵草都有每棵草的花期，哪怕是最不起眼的牛耳朵，也会把黄的花，藏在叶间。开得细小而执着。

秋　意

村庄上空秋意弥漫，一片叶子在与另一片叶子话别。一棵草在与另一棵草相约了再见。

秋天的第一滴露，是滴落在哪里的呢？

是在一片草叶儿上，一朵花的花蕊上，一棵树的梢头，还是在人家的房檐上？

天气在一滴露中凉了起来。秋意便像蜿蜒爬行的一条小蛇，顺着山坡来了。顺着田野来了。顺着沟沟渠渠来了。顺着小径大路来了。顺着人家的山墙来了。山墙上一丛爬山虎，藤蔓牵绕，情思悠长。白露过后，那上面的叶片儿开始变红，一点一点的，如莲步轻移的女子，羞答答。最终，一整片一整片的叶子都红透，一整条一整条的藤蔓都红透。白墙，红叶，大自然的搭配，如此叫人惊艳。路过的人，总要抬头看上一眼，再一眼，欢喜得很。这无意中相遇到的一场美，如馈赠。

露成趟成趟地来了。夜晚，坐在灯下看书，四周寂静。突然听到哪里的露珠，"啪哒"一下，掉落。像睡相不好的小孩，不小心在睡梦中翻下床。摔疼了，"哇"一声哭出来。做母亲的赶紧轻揽入怀，一边自责，一边轻轻抚慰。很快，哭声止息，孩子重又酣然入梦。我想，这颗露掉下来，有大地的怀抱给兜着，它亦是不怕疼的吧。

隔壁人家，年轻的母亲又哼起摇篮曲来，唔唔，唔唔。她刚生下孩子不久，小家伙爱哭，且爱在半夜哭。白天路过她家，看到她家外墙墙砖上，贴黄纸一张，上书："天皇皇，地皇皇，我家有个夜啼郎，过路君子念三遍，一觉睡到大天亮。"我笑了。那么一个书卷气极浓的小女子，竟也信这个的。或许，不是信，只是为求得心安。为了孩子，做母亲的是什么法子都要试一试的。

小母亲的歌声，在宁静的夜里，低回。如露珠一颗一颗降落，清凉的，充满深情的。我把正在看着的书，搁一旁，微笑着倾听。我的心里，荡起一圈一圈的感动，有母亲护着的孩子，是幸福的。我们也曾被母亲如此护卫着啊。

风起。秋天的风最是感情丰富。有时如一群戏闹的孩子，把花瓣啊树叶啊什么的，扯得到处都是。有时又如女人在耳语，细语切切。有时却急吼吼的，似脾气暴躁的男人，要奔到哪里去，十万火急，容不得一点阻留，一路呼啸。屋后的桐树，叶子又落下一层了吧。有夜归的人，走在上面，发出嘎嘎嘎的声音，如同谁在嚼烤得脆脆的红薯片。整个秋天，变得香喷喷起来。

想吃红薯了。电话里，父亲说，你妈真有本事，栽的山芋，结出来个个都有娃娃头那么大。我夸，真的啊？我妈太有本事了！我想象得出父亲的喜悦母亲的得意。晚年，他们相濡以沫在庄稼地里，每一棵庄稼，都是他们的孩子。

现在，乡下的稻子已收割完了，稻谷入了仓。红薯刨出来了，在屋角堆成小山。棉花亦已拾净，雪白雪白的，在人家家门口的竹席上孵太阳。该播种麦子了。村庄上空秋意弥漫，一片叶子在与另一片叶子话别。一棵草在与另一棵草相约了再见。虫子的声音，渐渐变得细小，直至，没入大地，大地一片岑静。我的父亲母亲，劳作累了，会双双坐到田埂边，守望着他们的土地。那里面，埋藏着来年的春天。

草的味道

怜爱真是一种美好的人类情感。你拥有了这种情感，你会对整个世界，都充满善意。

下班，开着电瓶车，路边的草地新割了，散发出浓郁的草香。我有种冲动，想停了车，躺倒到草地上去，在那草香里打上几个滚。

怎么形容这香呢？还真说不好。它不似花香，染了脂粉味。它又不似露珠雨水，带着清凉。对，它似乎有种成熟了的谷物的味道，小麦，或是大豆。再闻，却又不是，它香得那么独特，风霜雨露、日月星辰的精华，全在里头。你不由得张大嘴，大口大口地猛吸，五脏六腑都被它灌得醉醉的，如饮佳酿。你猛然醒悟过来，它就是草香哪，用什么也比拟不了。就像一个独特的人，你怎么看，他都与旁人不一样。他有他特有的气质，别人模仿不来。

这是秋冬的草。牛或羊，一整个冬天，都吃着这样的草。牛和羊的身上，都是草香。

春天的草，则又是另一种味道。那些嫩绿的、柔弱的，不能碰，一碰就是一汪水啊。它们多像初生婴儿柔软的发丝，和肌肤，浑身上下，散发出奶香。你走过它们身边时，你的心里，有了怜爱。

怜爱真是一种美好的人类情感。你拥有了这种情感，你会对整个世界，都充满善意。同样的，世界回报给你的，也将是美好和善良。

"青青河畔草，绵绵思远道"，我以为写的也是初春的草。这样的画卷，太容易让人沉溺。春回大地，小草甜蜜的气息，率先扑入人的鼻翼。独坐香闺中的女子，暗自吃了一惊，都春了么？推开窗户，草色入帘青。屋旁的河畔，早已是蜂蝶纷飞。突然的，她悲上心头，远行的人啊，我等你等到草都绿了，你怎么还没有归？——草最担当得起这样的爱情和思念，自然，纯真，绵绵不绝，直叫人柔肠百结。

草也最是宽容，从不计较个人得失恩怨，你踩它、割它，甚至是放火烧它，它依然生长，散发出特有的清香。雨水越多，它越长得欢。所谓水肥草美，才是大自然最好的盛况。我在呼伦贝尔大草原，见识过这种盛况。

在那里，我跟着一棵草走啊走啊，走到呼伦湖，走到贝尔湖，走到根河去。两个老牧羊女坐在草地上。一旁的牛和羊，在安详地啃着草。草地上开着或白或紫的花，东一朵西一朵的，像淘气的孩子，满地乱滚，无秩无序，却有种散漫的天真。我在草地里走，草生出牙齿来，咬我。咬我的，还有满地乱飞的蚊虫。

她们远远看着我笑，说，你应该穿长裤的呀，这儿的虫子多着呢。她们戴头巾，穿长衫长裤，脚蹬靴子，手握马鞭，坐在草地上，悠闲得像草地上开着的花。她们掐一根草，放在嘴里品咂，告诉我，我们这里的好多草，都是上等的草药呢，能治好多病的。问她们，那你们嘴里的草是啥味道呢？她们一齐笑了，答，就是草味呗，香。

她们说，野玫瑰也是一种草。马齿苋也是一种草。格桑花也是一种草。春天开花可好看了，红的，粉的，黄的，很大的一朵朵。她们这么说时，唇齿间，散发出草的香气。让我很想去拥抱她们。

我问她们可不可以拍照。她们很乐意，正正衣冠，端庄地对着我的镜头笑，笑得很像两棵草。

我的老家，也生长着众多的草。每次回家，我都会去看看它们。它们的名字，我一个也没有忘记，牛耳朵、苦艾、蒿子、茅、蒲公英、地阴草、一年蓬、乳丁草、婆婆纳……它们各有各的味道，闭起眼睛，我也能闻得出来。——故乡的味道，那是烙进一个人的骨骼里的。

我很高兴它们一直在，它们在，我的故乡便在。

新丰看花

　　人的眼睛里，恨不能飞出千万只的蝴蝶来，每朵花上都要去停上一停，看上一看才好。

　　在新丰有花之前，我是不知在离我并不遥远的地方，还有着这么一个小镇的。尽管，它曾是中华民国村镇规划第一镇。然岁月泱泱，它终淹没其中，跟苏北其他千百个乡村小镇一样，房舍简单，默默无闻。

　　从街头，搭眼望过去，也就能望到街尾了。然"山不在高，有仙则名。水不在深，有龙则灵"，新丰有花啊。它因有花，名声渐渐远播开去，春种郁金香，夏种荷，秋有百合。不是一朵一朵地种，而是成片成片地种，波澜壮阔地种，"地上长花，湖中生花，树上开花"，花浪簇簇，成海洋。有美名曰:荷兰花海。

　　我们停车，随便扯住街上一个摆摊卖水果的，相问，你们的荷兰花海在哪里?

中年男人皮肤黝黑，透着一股极地道的憨厚。他跳到路中央，热情指点，你们一直往西走，不用拐弯，看到很多的车很多的人，就到啦！

我们道了谢，顺着他手指的方向，一路开过去，果真看到很多的车、很多的人，颜色缤纷，逶逶迤迤有好几里，都是赶过来看花的。我们尚未走近，花香已率先来迎，浓烈扑鼻。说不清是什么花的香，百合有，菊花有，秋桂有，像东北的家常大菜——乱炖，好滋味一锅端了。

颜色们也都跑来约会。大红、深红、粉红、橘红、玫红、莹粉、乳白、雪白、橙黄、鹅黄、淡紫、粉紫、浅蓝……人的眼睛里，恨不能飞出千万只的蝴蝶来，每朵花上都要去停上一停，看上一看才好。哪里看得尽！坡上，坡下，湖旁，河畔，都是花呀，蜂飞蝶舞。成片的百合。成片的仙客来。成片的菊。成片的马鞭草和向日葵。远方草原上的格桑花也来做客，它们带来了它们的豪迈，红花朵黄花朵，朵朵奔放。人在其中，一时恍惚，仿佛置身于辽阔的大草原，牛羊遍地，天蓝草绿。

最有看头的，还数花海里的人，男男女女，老老少少。寻常模样，一入花海，便都给描了彩绣了边了。俏啊！洁净的俏！

一壮实的男孩子，突然闪身躲到一丛格桑花后面，一边把自己藏着，一边探头望着一处窃笑。他偷望之处，一长发女孩，正顺着一棵棵葵花走过来，边走边四下环顾，似在犹疑着——满眼都是花啊，我的那个亲爱的人呢？

男孩子也只是小藏了一下，就沉不住气了，他未等女孩走到近前，就跳了出来，冲上前去，紧紧拥抱了女孩，好似久别重逢。他低下头，用额头轻碰女孩的额头，温柔地笑问，你找不着我了吧？找不着我了吧？

我笑着轻轻走开去。想着，往后的岁月，他们若在一起久了，也许也会有小小的摩擦、磕绊，会拌嘴，会生气，然而，只要其中一个说一句，可记得那个秋日，我们一起去新丰看花？另一个的心，一定会立即柔软下来吧。这日的花事，在记忆里盛开、沸腾。和花事一同盛开和沸腾着的，还有他们的爱情，那么的干净、纯粹，散发着灵魂的香气。怎么舍得伤害和相忘！

祖母的葵花

那里，一定有一棵葵花正开，在祖母的心里面。

我总是要想到葵花，一排一排，种在小院门口。

是祖母种的。祖母侍弄土地，就像她在鞋面上绣花一样，一针下去，绿的是叶，再一针下去，黄的是花。

记忆里的黄花总也开不败。

丝瓜、黄瓜是搭在架子上长的。扁扁的绿叶在风中婆娑，那些小黄花，就开在叶间，很妖娆地笑着。南瓜多数是趴在地上长的，长长的蔓，会牵引得很远很远。像对遥远的他方怀了无限向往，蓄着劲儿要追寻了去，在一路的追寻中，绽放大朵大朵黄花。黄得很浓艳，是化不开的情。

还有一种植物，被祖母称作"乌子"的。它像爬山虎似的，顺着墙角往上爬，枝枝蔓蔓都是绿绿的，一直把整座房子包裹住了才作罢。忽一日，哗啦啦花都开了，远远看去，房子插了满头黄花呀，美得让人心醉。

最突出的，还是葵花。它们挺立着，情绪饱满，斗志昂扬，迎着太阳的方向，把头颅昂起，再昂起。小时候我曾奇怪于它怎么总迎着太阳转呢，伸了小手，拼命拉扯那大盘的花，不让它看太阳，但我手一松，它弹跳一下，头颅又昂上去了，永不可折弯的样子。

凡·高在 1888 年的《向日葵》里，用大把金黄来渲染葵花。画中，一朵一朵葵花，在阳光下怒放，仿佛是"背景上迸发出的燃烧的火焰"。凡·高说，那是爱的最强光。在颇多失意颇多彷徨的日子里，那大朵的葵花，给他幽暗沉郁的心，注入最后的温暖。

我的祖母不知道凡·高，不懂得爱的最强光，但她喜欢种葵花。在那些缺衣少吃的岁月里，院门前那一排排葵花，在我们心头，投下最明艳的色彩。葵花开了，就快有香香的瓜子嗑了。这是一种香香的等待，这样的等待很幸福。

葵花结籽，亦有另一种风韵。沉甸甸的，望得见日月风光在里头喧闹。这个时候，它的头颅开始低垂，有些含羞，有些深沉，但腰杆仍是挺直的。一颗一颗的瓜子，一日一日成形，饱满，吸足阳光和花香。葵花成熟起来，蜂窝一般的。祖母摘下它们，轻轻敲，一颗一颗的瓜子就落到祖母预先放好的匾子里。放在阳光下晒，会闻见花朵的香气。一颗瓜子，原来是一朵花的魂啊！

瓜子晒干，祖母会用文火炒熟，这个孩子口袋里装一把，那个孩子口袋里装一把。我们的童年就这样香香地过来了。

如今，祖母老了，老得连葵花也种不动了。老家屋前，一片空落的寂静。七月的天空下，祖母坐在老屋院门口，坐在老槐树底下，不错眼地盯着一个方向看。我想，那里，一定有一棵葵花正在开放，开在祖母的心窝里。